W0321268

Déclaration des droits de la femme et de la citoyenne et autres textes

Olympe de Gouges

Déclaration des droits de la femme et de la citoyenne et autres textes

Préface de Geneviève Fraisse

Librio

Sommaire

Préface

« Craignez le réveil de la vérité[1] »

Le XVIIe siècle énonce clairement l'égalité des sexes, plus théoriquement que les siècles précédents. Le mot « égalité » revient dans la modernité comme un principe, notamment dans l'essai radical de Poulain de La Barre en 1673. Le XVIIIe siècle, à l'aube de la Révolution française, voit une femme, Olympe de Gouges, user de l'égalité comme d'une évidence, autant théorique que pratique. Elle ne réclame pas son droit, elle le prend et l'affirme ; et surtout elle s'en sert avant même 1789. Par là, elle montre l'égalité en acte et inaugure ainsi la pensée concrète du droit des femmes en démocratie. Sa *Déclaration*, en 1791, établit avec clarté cette rupture. La transgression ne lui a jamais fait peur.

« Homme, es-tu capable d'être juste ? » ; « Femme, réveille-toi » : le ton est donné dans l'impératif adressé à l'homme, et dans l'interpellation faite à la femme. Il y aura un affrontement, il y aura une révolte publique ; et il s'agit que le dire, la parole, l'affirmation de l'égalité, se transforme en justice. Olympe de Gouges n'a pas peur du conflit et c'est une attitude assumée et continue tout au long de sa vie. On peut lire ainsi la *Déclaration des droits de la femme et de la citoyenne* avec un triple point de vue : le préambule questionne l'homme sur sa capacité à la justice, le postambule dit aux femmes l'urgence à ouvrir les yeux et à agir. Entre les deux, Olympe de Gouges énumère tous les

1. Olympe de Gouges, *L'Entrée de Dumouriez à Bruxelles*, préface, 1793.

repères sociaux où le droit des femmes doit être reconnu, décline dans ses articles qui semblent en miroir de la *Déclaration des droits de l'homme et du citoyen* des conditions propres à la situation des femmes. Car ce n'est pas un double, un doublon, comme des lectures rapides aiment à le dire ; loin de là. Prenons l'exemple du célèbre article X : il met en équivalence, pour une femme, le droit de monter à la tribune et le droit de monter à l'échafaud. On sait qu'en 1793 Olympe de Gouges monta à l'échafaud sans avoir pu monter à la tribune. Tout est dans cette équivalence, simple pour les hommes, impossible pour les femmes, au long d'une histoire qui a continué jusqu'au XXe siècle. Une femme peut-elle être coupable, punissable, sans posséder le droit de s'exprimer ? Olympe de Gouges avait choisi de dire, a réussi à parler publiquement malgré les résistances multiples qu'elle raconte sans cesse, sans se décourager jamais. Car, même si elle ne monta pas à la tribune, elle « prit » la tribune, se donnant la parole, parole littéraire et politique, déployée dans l'espace public. De multiples écrits, pièces de théâtre, opuscules, affiches, essais, quelques milliers de pages en témoignent. C'est le plus fort de sa démarche, ce droit évident à la tribune c'est-à-dire à l'expression publique de son opinion, de ses convictions. Avant de s'arrêter aux expressions de ce droit, par elle mises en œuvre sans se soucier de leur aspect transgressif, deux remarques sur la postérité. Tout d'abord l'historien Michelet, au milieu du XIXe siècle, voit les femmes de la Révolution coupables mais pas punissables. C'est une nuance intéressante qui correspond bien à la demi-mesure de la « démocratie exclusive » : les femmes sont clairement présentes dans l'espace de l'égalité, mais autrement que les hommes… En effet, elles peuvent être responsables de leurs actes politiques sans pour autant être condamnables. L'expérience d'Olympe de Gouges montre le contraire puisque désignée coupable, elle fut guillotinée. Paradoxe évident mais image adéquate à la situation d'égales inégales dans la démocratie exclusive de notre modernité. Ensuite, au XXIe siècle, la tension subsiste, toujours dans l'espace public : en 2015, l'entrée d'Olympe de Gouges au Panthéon, celle d'une grande Femme parmi les grands Hommes, fut plébiscitée par les votes populaires, requis par le gouvernement, plus exactement par la présidence de la République ; mais fut empêchée par ce même gouvernement qui ne tint pas compte du choix des citoyens. La belle ironie de l'histoire, c'est qu'un buste lui fut offert là où elle avait désiré monter à la tribune, à savoir à l'Assemblée nationale. Ainsi, l'équivalence par elle revendiquée entre tribune et responsabilité politique des femmes lui fut enfin donnée. On lui accorda la tribune, malgré les interdits implicites et explicites, mais la reconnaissance symbolique, celle de « grande femme », lui est, aujourd'hui, toujours refusée ; elle qui soulignait avec ironie : « on me traite et on me persécute en grand homme ».

Une voix dans l'espace public

Olympe de Gouges, c'est d'abord une **voix**, une voix qui parle et qui écrit. Dès avant la Révolution française elle dénonce l'esclavage des Noirs dans une pièce de théâtre, dès avant 1789, elle dit son droit de communiquer, car elle a des « idées », et elle veut être « utile à son pays ». Aussi, elle « élève » la voix pour « plaider la cause de son sexe ». Servir et plaider, le programme est ambitieux.

À la lire, on a d'abord l'impression qu'elle ne réalise pas à quel point elle ignore les limites sociales et les contraintes sexuelles. Écrire contre l'esclavage, imposer sa pièce de théâtre à la toute-puissante Comédie-Française, être femme en politique, tout cela semble simple à ses yeux. Elle écoute, elle s'écoute : « Ce sexe m'inspire, me prie, m'engage. »

Cependant, ses expressions publiques suscitent des réticences ; pour le moins. Les propriétaires des colonies bloquent la représentation de sa pièce et les misogynes soulignent la courtisane, la libertine, lors de son arrivée à Paris, et plus encore dénoncent son ignorance et sa méconnaissance de la langue française, elle qui se prétend autrice. Elle assume tout. À deux siècles de distance, au regard de la belle qualité de ses écrits, on comprend son assurance et sa confiance en elle. « On nous a exclues de tout pouvoir, de tout savoir. On ne s'est pas encore avisé de nous ôter celui d'écrire », dit Madame de Valmont dans *L'Homme généreux*. Olympe de Gouges est vraiment une autrice, au moment même où le XVIIe siècle confirme l'existence de l'auteur et de ses droits… et veut d'autant plus en éloigner les femmes.

« Sans le génie, que produit l'instruction ? » Peu de choses, pense-t-elle. Elle sait qu'elle a le génie – « mon génie bienfaisant » – et que ce génie est plus fort que son ignorance ; c'est une femme qui pense. Alors, elle peut reconnaître qu'elle doit dicter ses textes pour éviter les difficultés de l'oralité, redoublées par la langue du Sud de son enfance à Montauban. Et puis, ancienne courtisane et sexe ignorant (dit-on), elle est sûre d'une chose, c'est qu'elle a le droit pour elle ; exactement le droit d'appartenance, d'appartenance à une nation, à une patrie. Là est sa première légitimité, avant comme pendant la Révolution.

L'appartenance à une nation

Et **l'appartenance** aura une conséquence, là encore incontestable : Olympe de Gouges est une « représentante » comme elle l'écrira à sa façon dans la *Déclaration* : « les filles, les mères, les sœurs, représentantes de la nation ». On remarque qu'il s'agit des liens de sang puisque l'épouse n'est pas convoquée dans la description de la représentation de la nation. On remarque donc qu'elle ne nie pas les qualités et les états de femme pour les inclure dans l'espace public. Alors, que souligne-t-elle par cette évocation des positions féminines ? Pourquoi cette énumération face à l'homme générique ? Pourquoi l'absence de l'épouse ? Parce que c'est l'homme comme père, *pater familias*, détenteur du droit dit paternel, qu'elle interpelle. Ainsi, face à l'homme du patriarcat, elle oppose la multiplicité réelle des liens du sang féminins, maternel, filial, sororal ; mais pas conjugal. Car elle est à la recherche d'exactitude, car elle veut rendre la *Déclaration* concrète, comme s'il fallait éclairer l'abstraction du Droit de l'Homme. Alors elle précise : la « loi » devient « les lois de la nature et de la raison » (article IV) ; les articles XIV, XV et XVI explicitent le « partage égal », « la masse des femmes », « les sexes réunis ou séparés », insistant ainsi sur la réalité sexuée de la société.

Son engagement dans l'espace public se fonde donc sur l'appartenance à un pays, patrie ou nation, et fait d'elle une « représentante », obligée de se rendre utile. Ce mot « utile » revient souvent sous sa plume, et le terme, à cette époque, est partout dans la langue politique. D'ailleurs, à l'article XII, elle a remplacé le mot « force » par celui d'« utilité ». Être utile se décline alors de plusieurs façons. Il y a d'abord la patrie qu'il faut à la fois servir et sauver, ce qui se traduit pour elle, girondine, par une foi républicaine adossée à la monarchie. Cela peut surprendre, sembler contradictoire et, pourtant, à la lire, on comprend la cohérence de cet alliage vu comme une sorte de sécurité politique pour tenir la nation, pour la sauver en cette époque bouleversée. C'est là qu'Olympe de Gouges introduit l'idée d'une « caisse patriotique », impôt volontaire, à l'instar de ce que firent jadis les Romaines, telles des représentantes responsables. Et puis, être utile, c'est vouloir le bien, écrit-elle. Et la demande de droits est comme la conséquence de son appartenance de citoyenne active. Elle imagine même un « contrat social de l'Homme et de la Femme » comme garantie conjugale de leur égalité. « Contrat social » : le mot n'est pas anodin.

La légitimité citoyenne

Ainsi, cette **citoyenne**, on l'a mentionné, parle volontiers de la « cause » qu'elle défend, la cause des Noirs d'abord (« S'ils sont des animaux, ne le sommes-nous pas comme eux ? »), la cause des femmes évidemment (« Imitez-moi ! Rendez-vous utiles »). Et le peuple n'est pas absent ; début juillet 1789, elle exhorte le duc d'Orléans à ne pas être « indifférent » au peuple, ces « citoyens malheureux ». Elle écrit, intervient, en fonction des problématiques rencontrées sans ignorer cependant les dangers : le « genre humain » peut se détruire et finir dans une « anarchie épouvantable et une affreuse égalité », écrit-elle, en avril 1789, dans *Le Bonheur primitif de l'homme*. Il y a les causes, mais aussi les événements politiques pour lesquels il ne suffit pas de donner son avis, mais plutôt de conseiller, voire d'exhorter ; et pourquoi pas avec une pièce de théâtre : *L'Entrée de Dumouriez à Bruxelles* dit comment délivrer une nation et sert ainsi « la cause universelle des peuples ». La citoyenneté vous oblige à propager la République.

Car la citoyenne disqualifie l'ancienne « influence » des femmes pratiquée sous la monarchie, influence exercée dans un espace public clôturé, celui des salons d'Ancien Régime, ou « administration nocturne des femmes ». En effet, les médiations ne sont plus de mise en politique. Et côté théâtre, elle s'empare de l'espace du spectacle qui concentrait aux yeux de Rousseau tous les périls, celui de la représentation publique des femmes, comme celui du « génie » féminin ; la *Lettre à d'Alembert* est explicite. Ces lieux de l'égalité des sexes, l'expression politique et l'expression artistique, sont, une fois de plus, des évidences ; conviction à rebours de ses contemporains.

Au XVIIe siècle, notamment sous la plume de Marie de Gournay et surtout de Poulain de La Barre, l'idée de l'égalité des sexes a pris toute son importance ; elle se transforme à la Révolution en une pratique, une stratégie. Olympe de Gouges s'inscrit ainsi dans la lignée des logicien·ne·s de l'égalité. Dans sa mise en lumière, l'égalité dit le droit pour toutes : « je m'adresse à mon sexe », « mon sexe que je représente », écrit-elle. Cette attitude au regard du « pour toutes » est neuve : « Mes concitoyennes, ne serait-il pas temps qu'il se fit aussi parmi nous une révolution ? Les femmes seront-elles toujours isolées les unes des autres et ne feront-elles corps avec la société, que pour médire de leur sexe, et faire pitié à l'autre ? »

Car il faut être utile à la **Vérité,** car « le droit de dire la vérité » s'impose. La France et la Vérité vont de pair, écrit-elle, « la France est présentée sous l'emblème d'une superbe femme, et la Vérité sous celui d'une femme toute nue ». Dans les deux cas, l'histoire est ancienne, c'est la femme, son corps, qui en est l'image. Mais elle a aussi une place iconique, symbolique nouvelle, qui alimenteront les représentations du siècle futur... L'enjeu symbolique ne lui échappe pas. La Vérité est aussi, pour elle, un espoir.

Ainsi la voit-on entrer dans l'histoire, dans la grande Histoire. Invoquer la Vérité peut être énigmatique quand elle mêle la France et la Vérité. Mais nous sommes à la fin du XVIIIe siècle et la Vérité est encore crédible dans sa simplicité. De plus, curieusement, Olympe de Gouges n'offre pas de synthèse de ses engagements et n'a pas peur des contradictions, et de ses propres évolutions ; elle additionne les combats. Et c'est là que la vérité devient la plus incertaine, quoi qu'elle en dise.

Elle invoquait son génie, elle se voit aussi un « don de prophétie ». Elle imagine, elle espère le futur. L'Histoire n'est pas encore prête ? Elle le sait. « Citoyenne libre et zélée patriote »... elle prétend même conseiller les hommes de la Révolution, tout en se sachant, telle Cassandre, « victime de ma prévoyance et de ma sollicitude ». Car non seulement elle interpelle l'Histoire, mais elle se regarde aussi intervenir, elle est consciente d'elle-même et de ce qu'elle fait ; distanciation politique étonnante.

Elle interpelle et elle intervient. Cela lui coûtera la vie. L'évidence de son appartenance à la chose publique et de son droit à être citoyenne s'est transformée en imprudence, car l'Histoire suit un cours autre que la simple organisation des paroles de toutes et tous. Alors, est-elle seule à s'être tenue debout, seule femme à être à la fois autrice et femme politique ? Deux titres qu'elle revendique en pleine illégitimité : autrice qui a besoin d'aide pour l'écriture, citoyenne sans droit à l'être ? Oui, car elle va même jusqu'à dépasser sa condition de femme et se dire ni homme, ni femme..., car elle a « le courage de l'un et quelquefois les faiblesses de l'autre » ; et « si les philosophes sont au-dessus des rois », elle sait qu'elle « diffère de ces hommes immortels » mais qu'elle « possède l'élévation de leurs sentiments. » Ni l'un ni l'autre, ou plutôt l'un et l'autre... l'un ou l'autre ; « plus homme que femme » s'adressant à Robespierre. « Qu'importe le sexe » ajoute-t-elle finalement à son propre sujet. Qu'importe son sexe, en effet, pour « élever la voix ». Il apparaît ainsi qu'elle franchit les barrières des catégories de l'identité sexuelle ; et nous en mesurons aujourd'hui la force transgressive, sa profondeur.

Il est possible, nécessaire, de ne pas l'isoler, et il est heureux de la situer avec d'autres personnages contemporains de la Révolution, de son avant et de son après. On pourrait citer Condorcet qui plaide au même moment qu'elle pour le « droit de cité » des femmes en 1790, puis Germaine de Staël qui analyse la place de celles-ci dans le passage de la monarchie à la république en 1800. On peut aussi indiquer des textes moins visibles, plus proches de son engagement global et qui pensent également en termes d'« utilité » face à l'Histoire. Choderlos de Laclos interpelle, lui aussi, les femmes, en 1783, en les exhortant : « Apprenez qu'on ne sort de l'esclavage que par une grande révolution ». L'auteur des *Liaisons dangereuses* ne mâche pas ses mots… La démonstration est radicale. Et au lendemain de la Révolution, en 1801, on peut lire Fanny Raoul qui avance forte d'une conscience, celle d'être membre du contrat social, et de pouvoir, à ce titre, donner son opinion : « Femme sensible et raisonnable, je veux seulement payer à la société la dette que contracte envers elle chacun de ses membres ». Olympe de Gouges fait donc la transition entre l'interpellation pré-révolutionnaire et l'affirmation d'un droit d'appartenance, à conquérir encore, et cependant déjà là.

« Il faut des siècles pour produire des femmes comme moi », écrit-elle, et il faut des siècles pour l'écouter toujours et la lire enfin.

Geneviève Fraisse

Bibliographie indicative

Les brèves citations sont extraites de ces deux recueils: Olympe de Gouges, *Écrits politiques, Tome 1 et 2,* préfacés par Olivier Blanc, Éditions Côté-femmes, 1993.

Poulain de La Barre, *De l'égalité des deux sexes* (1673), Gallimard, coll. « Folio », 2015.

Choderlos de Laclos, *De l'éducation des femmes* (1783), préface de Geneviève Fraisse, Éditions des Équateurs, « Des femmes dans l'histoire », 2018.

Fanny Raoul, *Opinion d'une femme sur les femmes* (1801), présenté par Geneviève Fraisse, le passager clandestin, 2011.

Olivier Blanc, *Marie-Olympe de Gouges, une humaniste à la fin du XVIIIe siècle,* Éditions René Viénet, 2003.

Sur « l'espèce d'hommes nègres »

(Février 1788)

L'espèce d'hommes nègres m'a toujours intéressée à son déplorable sort. À peine mes connaissances commençaient à se développer, et dans un âge où les enfants ne pensent pas, que l'aspect d'une Négresse que je vis pour la première fois, me porta à réfléchir, et à faire des questions sur sa couleur.

Ceux que je pus interroger alors, ne satisfirent point ma curiosité et mon raisonnement. Ils traitaient ces gens-là de brutes, d'êtres que le Ciel avait maudits ; mais, en avançant en âge, je vis clairement que c'était la force et le préjugé qui les avaient condamnés à cet horrible esclavage, que la nature n'y avait aucune part, et que l'injuste et puissant intérêt des Blancs avait tout fait.

Pénétrée depuis longtemps de cette vérité et de leur affreuse situation, je traitai leur histoire dans le premier sujet dramatique qui sortit de mon imagination. Plusieurs hommes se sont occupés de leur sort ; ils ont travaillé à l'adoucir ; mais aucun n'a songé à les présenter sur la scène avec le costume et la couleur, tel que je l'avais essayé, si la Comédie-Française ne s'y était point opposée.

Mirza avait conservé son langage naturel, et rien n'était plus tendre. Il me semble qu'il ajoutait à l'intérêt de ce drame, et c'était bien de l'avis de tous les connaisseurs, excepté les comédiens. Ne nous occupons plus de ma pièce, telle qu'elle a été reçue. Je la présente au public.

Revenons à l'effroyable sort des Nègres ; quand s'occupera-t-on de le changer, ou du moins de l'adoucir ? Je ne connais rien à la politique des gouvernements ; mais ils sont justes, et jamais la loi naturelle ne s'y fit mieux sentir. Ils portent un œil favorable sur tous les premiers abus. L'homme partout est égal. Les rois justes ne veulent point d'esclaves ; ils savent qu'ils ont des sujets soumis, et la France n'abandonnera pas des malheureux qui souffrent mille trépas pour un, depuis que l'intérêt et l'ambition ont été habiter les îles les plus inconnues. Les Européens avides de sang et de ce métal que la cupidité a nommé de l'or, ont fait changer la nature dans ces climats heureux. Le père a méconnu son enfant, le fils a sacrifié son père, les frères se sont combattus, et les vaincus ont été vendus comme des bœufs au marché. Que dis-je ? c'est devenu un commerce dans les quatre parties du monde.

Un commerce d'hommes !... grand Dieu ! et la nature ne frémit pas ! S'ils sont des animaux, ne le sommes-nous pas comme eux ? et en quoi les Blancs diffèrent-ils de cette espèce ? C'est dans la couleur... Pourquoi la blonde fade ne veut-elle pas avoir la préférence sur la brune qui tient du mulâtre ? Cette tentation est aussi frappante que du Nègre au mulâtre. La couleur de l'homme est nuancée, comme dans tous les animaux que la nature a produits, ainsi que les plantes et les minéraux. Pourquoi le jour ne le dispute-t-il pas à la nuit, le soleil à la lune, et les étoiles au firmament ? Tout est varié, et c'est là la beauté de la nature. Pourquoi donc détruire son ouvrage ?

L'homme n'est-il pas son plus beau chef-d'œuvre ? L'Ottoman fait bien des Blancs ce que nous faisons des Nègres : nous ne le traitons cependant pas de barbare et d'homme inhumain, et nous exerçons la même cruauté sur des hommes qui n'ont d'autre résistance que leur soumission.

Mais quand cette soumission s'est une fois lassée, que produit le despotisme barbare des habitants des Îles et des Indes ? Des révoltes de toute espèce, des carnages que la puissance des troupes ne fait qu'augmenter, des empoisonnements, et tout ce que l'homme peut faire quand une fois il est révolté. N'est-il pas atroce aux Européens, qui ont acquis par leur industrie des habitations considérables, de faire rouer de coups du matin au soir ces infortunés qui n'en cultiveraient pas moins leurs champs fertiles, s'ils avaient plus de liberté et de douceur ?

Leur sort n'est-il pas des plus cruels, leurs travaux assez pénibles, sans qu'on exerce sur eux, pour la plus petite faute, les plus horribles châtiments ? On parle de changer leur sort, de proposer les moyens de l'adoucir, sans craindre que cette espèce d'hommes fasse un mauvais usage d'une liberté entière et subordonnée.

Je n'entends rien à la politique. On augure qu'une liberté générale rendrait les hommes nègres aussi essentiels que les Blancs ; qu'après les avoir laissés maîtres de leur sort, ils le soient de leurs volontés ; qu'ils puissent élever leurs enfants auprès d'eux. Ils seront plus exacts aux travaux, et plus zélés. L'esprit de parti ne les tourmentera plus, le droit de se lever comme les autres hommes les rendra plus sages et plus humains. Il n'y aura plus à craindre de conspirations funestes. Ils seront les cultivateurs libres de leurs contrées, comme les laboureurs en Europe. Ils ne quitteront point leurs champs pour aller chez les nations étrangères.

La liberté des Nègres fera quelques déserteurs, mais beaucoup moins que les habitants des campagnes françaises. À peine les jeunes villageois ont obtenu l'âge, la force et le courage, qu'ils s'acheminent vers la capitale pour y prendre le noble emploi de laquais ou de crocheteur. Il y a cent serviteurs pour une place, tandis que nos champs manquent de cultivateurs.

Cette liberté multiplie un nombre infini d'oisifs, de malheureux, enfin de mauvais sujets de toute espèce. Qu'on mette une limite sage et salutaire à chaque peuple, c'est l'art des souverains, et des États républicains.

Mes connaissances naturelles pourraient me faire trouver un moyen sûr : mais je me garderai bien de le présenter. Il me faudrait être plus instruite et plus éclairée sur la politique des gouvernements. Je l'ai dit, je ne sais rien, et c'est au hasard que je soumets mes observations bonnes ou mauvaises. Le sort de ces infortunés doit m'intéresser plus que personne, puisque voilà la cinquième année que j'ai conçu un sujet dramatique, d'après leur déplorable histoire.

Je n'ai qu'un conseil à donner aux Comédiens-Français, et c'est la seule grâce que je leur demanderai de ma vie : c'est d'adopter la couleur et le costume nègres. Jamais occasion ne fut plus favorable, et j'espère que la représentation de ce drame produira l'effet qu'on en doit attendre en faveur de ces victimes de l'ambition.

Le costume ajoute de moitié à l'intérêt de cette pièce. Elle émouvra la plume et le cœur de nos meilleurs écrivains. Mon but sera rempli, mon ambition satisfaite, et la comédie s'élèvera au lieu de s'avilir, par la couleur.

Mon bonheur sans doute serait trop grand, si je voyais la représentation de ma pièce, comme je la désire. Cette faible esquisse demanderait un tableau touchant pour la postérité. Les peintres qui auraient l'ambition d'y exercer leurs pinceaux pourraient être considérés comme les fondateurs de l'humanité la plus sage et la plus utile, et je suis sûre d'avance que leur opinion soutiendra la faiblesse de ce drame, en faveur du sujet.

Jouez donc ma pièce, Mesdames et Messieurs, elle a attendu assez longtemps son tour. La voilà imprimée, vous l'avez voulu ; mais toutes les nations avec moi vous en demandent la représentation, persuadée qu'elles ne me démentiront pas. Cette sensibilité qui ressemblerait à l'amour propre chez tout autre que chez moi, n'est que l'effet que produisent sur mon cœur toutes les clameurs publiques en faveur des hommes nègres. Tout lecteur qui m'a bien appréciée sera convaincu de cette vérité.

Enfin passez-moi ces derniers avis, ils me coûtent cher, et je crois à ce prix pouvoir les donner. Adieu, Mesdames et Messieurs ; après mes observations, jouez ma pièce comme vous le jugerez à propos, je ne serai point aux répétitions. J'abandonne à mon fils tous mes droits ; puisse-t-il en faire un bon usage, et se préserver de devenir auteur pour la Comédie-Française. S'il me croit, il ne griffonnera jamais de papier en littérature.

Lettre au peuple, ou Projet d'une caisse patriotique, par une citoyenne

(Novembre 1788)

C'est à vous, Français, que j'écris. C'est à vous que je soumets mes observations ; ce titre me suffit pour m'encourager, et il vous suffit de le mériter pour m'approuver. Si vous vous laissiez toujours guider par le jugement naturel qui vous éclaire, vous ne commettriez jamais d'imprudence.

L'homme est sans doute l'être le plus indéfinissable. Supérieur à tous les autres animaux par son intelligence, sa raison et la faculté qu'il a d'étendre ses lumières, il est cependant plus insensé et moins humain que les brutes. Il semble que la nature, en les privant de nos avantages, leur ait donné en partage une vie paisible et à l'abri de toutes inquiétudes. Voilà les réflexions que j'ai faites cette nuit à la suite d'un trouble que j'ai ressenti, à l'occasion d'un bruit confus que j'entendais de toutes parts, et qui enfin, parvenu jusqu'à ma porte, m'a jetée dans une alarme à faire rire tout insensé, mais à faire frémir le vrai sage. Le nombre de ces derniers, malheureusement pour l'humanité n'est pas considérable, et par une plus grande fatalité, les conseils des séditieux extravagants influent plus sur le peuple que les sages avis des gens prudents et des bons citoyens. Je ne m'arrête point au bruit public ; je n'écoute point les propos que l'on tient particulièrement ; savoir si quelque parti puissant n'excite point ces joies funestes et ennemies du repos, mais si l'on n'y porte un prompt remède, peut-être le mal deviendra irréparable. On a remarqué que les plus grands troubles excités dans les États étaient souvent provenus des plaisirs effrénés et tumultueux du peuple. Le roi n'est point heureux ; ses sujets ne peuvent pas l'être ; mais tout peut se réparer sous un aussi bon monarque. Le mal était fait avant son avènement au trône. Ou mes connaissances naturelles m'induisent en erreur, ou j'opine comme un sage observateur d'après tout ce que j'ai vu et entendu, que ce *déficit* qui discrédite la France a pris naissance sous le règne le plus fastueux et le plus florissant. Il s'est augmenté sous Louis XV, Louis XVI n'a pu parer la catastrophe qui s'est manifestée avec l'éclat le plus terrible. Ses prédécesseurs avaient fait le mal, les uns sans le savoir, les autres volontairement ; et lui, plus malheureux roi que ses ancêtres, devient-il responsable de leurs erreurs ? Quelle est donc l'injustice qui domine actuellement le plus grand nombre des esprits qui, sans réfléchir aux moyens qu'on doit prendre pour le bien général, livrent le peuple à l'impulsion la plus effrenée par des discours ou des écrits séditieux, qui ne font qu'accroître le mal et ne peuvent porter aucun remède à nos maux ? Ne doit-on pas plutôt s'occuper à un soulagement prompt et salutaire, que de chercher à prolonger les peines générales ? Il y a une profonde misère dans Paris : l'ouvrier manque de pain pour donner à sa femme, à ses enfants, et il trouve de l'argent pour multiplier ses plaisirs, ou plutôt ses folies et ses joies extravagantes. Faut-il croire que le peuple soit sans humanité, non sans doute ; il sent la nature plus que celui qui passe nonchalamment sa vie dans des maisons somptueuses et sous des lambris dorés ; mais le peuple n'a d'autres plaisirs, me dira-t-on, que de noyer ses peines et ses soucis dans la joie qui lui paraît naturelle. Elle est naturelle en effet, puisqu'elle pari du cœur ; mais quelle suite funeste ne produit-elle pas dans ces moments ? Et vous, fameux écrivains, qui n'avez su parler qu'aux rois, connaissez une ambition plus grande, plus pure et plus louable : c'est au peuple que je m'adresse ; je le prie de me lire avec attention et de juger si je pense en bonne citoyenne. Sa Majesté, sans doute, ne trouvera point mauvais qu'une femme attendrie sur l'affliction générale, ose prévenir par son pressentiment des maux encore plus cruels.

Les arrêts du roi et du Parlement, remis dans ses fonctions, les dépenses expresses qu'on a faites au public de s'assembler, de s'ameuter et de tirer ni fusées ni pétards, devaient être aux yeux du public des ordres sacrés ; ces ordres n'étaient imposés que pour son bien, et le public dans un instant si favorable ne s'y conforme pas. Il désobéit à la fois au Parlement, dont il a demandé le rappel avec tant d'acharnement, et au roi qui vient de le lui accorder. Quelle preuve voulez-vous plus certaine de sa clémence et de sa modération ? Je suis un membre du public à qui je soumets mes observations ; mais un membre du parti le plus faible : si dans mes réflexions il n'y a point d'énergie, mon sexe m'en justifie ; si mon style est décousu et diffus, mon trouble est mon excuse ; si cette production est sans effet, mon but est louable ; et vous, Public, à qui je la dédie, pourriez-vous me blâmer du motif qui m'encourage et qui a ranimé mes forces ?

Rebutée en général de la méchanceté des hommes, ne cherchant qu'à finir mes jours dans une profonde solitude, prête à renoncer à la littérature, délices des imaginations riches et fécondes, tout ce qui sort de mon faible génie doit être considéré comme un fruit que la nature a cultivé, et que la main des hommes n'a jamais embelli. Ce fruit, je ne le vends pas ; peu répandue, simple particulière, désintéressée en général pour les honneurs et la fortune, n'ayant que l'ambition, que peut me permettre mon petit mérite dans la carrière dramatique, j'entendais et je voyais tout avec la douleur d'une véritable citoyenne. Rien, dans ce temps d'inaction et de désordre, n'aurait excité ma verve. Malheur à ceux dont l'affreux talent est de semer le poison et la discorde par leurs écrits ténébreux. Comme je plains ceux qui, contre leur conscience, vendent leurs éloges au crédit qui veut les acheter ! Ô vérité sublime ! qui m'as toujours guidée, qui soutiens mes opinions, ôte-moi les moyens d'écrire, si jamais je peux trahir ma conscience éclairée par ta lumière ; mais pardonne-moi, si quelquefois enthousiasmée par les apparences les plus recommandables, j'ai loué ceux qui ne méritaient pas de l'être. Un jour, *mes confessions* montreront au public quel fut mon caractère, mon existence, et ma délicatesse. Si l'envie m'a fait rencontrer sur mes pas des calomniateurs d'une autorité peu commune, j'en serai un jour plus intéressante à la postérité ; si l'originalité de mes écrits ne pouvait pas y prétendre, mes malheurs me rendront peut-être recommandable à tous les hommes, et l'on reconnaîtra qu'une femme qui était en tout son ouvrage, méritait non seulement la bienveillance des grands mais l'estime de tous les hommes.

Quel est donc le but qui m'a déterminée à écrire cette lettre au public, et d'y annoncer peut-être avec un peu trop de préambule les réflexions tardives qui ont succédé à mes craintes. Cette nuit, vers trois heures, un grand nombre de citoyens se sont transportés dans la rue de Vaugirard, faisant des cris à épouvanter tout le quartier, ont tiré plusieurs pétards et fusées, ensuite ils ont frappé à la porte d'un épicier, avec violence ; ils ont forcé cet homme à se mettre tout tremblant à sa fenêtre. Ils lui ont demandé des torches. Le nom seul de torches, dans ce moment, a dû faire trembler tous ceux qui l'ont entendu prononcer. L'épicier s'est défendu, autant qu'il lui a été possible, d'obéir à cette demande ; mais les instances sont devenues si violentes qu'il s'est encore vu forcé de donner les torches qu'on lui demandait. J'ai d'abord blâmé l'épicier d'avoir cédé aux instances du peuple ; parce qu'il pouvait arriver des accidents fâcheux ; mais voyant que rien de malheureux n'en était provenu, j'ai loué la prudence de cet homme. S'il avait en effet observé ce que je croyais convenable sur le moment, peut-être en serait-il survenu un événement funeste.

Ô peuple, citoyens malheureux ! Écoutez la voix d'une femme juste et sensible. Vous n'êtes heureux qu'autant que vous n'êtes pas obérés. Si vos travaux sont pénibles, votre ambition est modérée : vous ne travaillez que pour nourrir vos femmes, vos enfants qui vous tendent leurs bras languissants ; et dans ces troubles publics, vous les laissez périr peut-être de besoin ou de douleur. Les vingt-quatre heures que vous perdez font un *déficit* dans vos finances, aussi nuisible que celui de l'État : l'État a des ressources, et vous, vous n'avez que vos bras. Si vous les énervez à des folies, à des veilles, comment retrouverez-vous vos forces et votre courage pour reprendre utilement vos travaux ? Que dis-je ? N'avez-vous que cela à craindre ? Et les batailles sanglantes qui succèdent toujours à cette joie effrénée ? On est forcé d'interposer l'autorité, et voilà une boucherie effroyable. Sans vous informer de qui vous prenez la défense, vous donnez à corps perdu dans un chemin d'abîmes que vous aura frayé un séditieux, un mal-intentionné, un *félon*. La guerre civile peut commencer par-là : la guerre civile ! Ciel ! je frémis de le prononcer ! Quels maux sont à craindre pour les humains que ce fléau ? Mais, que dis-je ?

Rien ne peut amener un événement aussi cruel. La France est assez plongée dans la détresse pour qu'on ne cherche pas à accroître ses maux. Si le Parlement tend au bien, comme il a voulu le persuader dans toutes ses actions, il sera effectué par les lumières des États généraux ; mais ce que tout sage citoyen ne peut se dissimuler ni révoquer en doute, c'est la bonté et la clémence de Sa Majesté.

Les clameurs publiques demandent le changement des ministres ; le roi, bon et bienfaisant pour son peuple, cède à vos désirs. Il reconnaît que personne n'est plus propre à réparer le désordre des Finances que M. Necker ; il ne balance pas à lui confier de nouveau la charge du trésor de l'État ; et quoi que ce soit une justice rendue à la probité, aux vertus, aux talents de M. Necker, il y avait longtemps qu'on n'avait vu un roi rappeler un ministre disgrâcié sous son règne.

Ô bonté paternelle, qui doit enflammer le cœur de tout bon Français ! Avant le rappel de ce grand homme, avant le rétablissement du Parlement, j'étais livrée à l'impulsion générale. Qu'il est aisé de voir et de croire le mal ! Mais lorsque je me représente qu'un roi tout-puissant peut user de toute son autorité, et lancer la foudre à la plus petite désobéissance, je me sens pénétrée d'un zèle qui porte à l'admiration et qui passe à l'enthousiasme pour une si grande clémence et modération. Cette même admiration présente à mes yeux le véritable caractère des Français ; je reconnais que s'il ne régnait plus dans la Nation, l'État serait perdu ; mais quand je pense que ce nom sacré est ineffaçable, ainsi que l'amour dont chaque sujet est enflammé pour son maître, le sang patriotique qui circule dans mes veines me suggère l'accomplissement du moyen dont je désire voir la Nation occupée.

Ce moyen, voici comme je le présente : ce n'est qu'avec mes forces que je puis le proposer ; mais s'il était praticable, quelque faiblesse que je misse en le présentant, il n'en serait pas moins accueilli. Quel est donc ce moyen que je trouverais convenable à libérer les dettes de l'État ? Ce serait, il me semble, un impôt volontaire, dont la Nation s'applaudirait ; et cette action mémorable du cœur français passerait à la postérité, et formerait l'époque la plus singulière et la plus remarquable des annales de la monarchie.

On a déjà pu reconnaître quel était mon but ; ainsi comme Française et bonne citoyenne, j'ai droit de communiquer mes idées à mes compatriotes. En causant sur cet objet avec des citoyens aussi zélés que moi pour le bien de la Nation, et qui ont adopté mon projet, j'ai appris d'une de ces personnes, que j'avais été devancée, pour cette bonne intention, dans un ouvrage qui porte pour titre *L'État libéré*. Je me le suis bien vite procuré ; j'ai reconnu dans cet écrit bienfaisant une foule de moyens salutaires. Ne possédant pas les lumières de cet auteur, et ne voulant pas profiter de l'avantage qu'il a sur moi d'avoir conçu le premier mon projet, je ne dois m'attribuer que le mérite de m'être rencontrée avec lui.

Ah ! Sans doute, dans ce moment de détresse, tous les véritables Français pensent de même. Je vais donc communiquer mes idées, et les rendre aussi claires qu'il est en mon pouvoir de m'exprimer, en simplifiant les moyens de leur exécution. Quelques têtes mal organisées prétendent que ce serait la honte de l'État que d'en venir à cet expédient ; moi, je prétends au contraire que c'en serait la gloire. Un fils peut-il rougir de recevoir des bienfaits de son père ? L'amour-propre d'un père peut-il être offensé ne recevant des dons purs de ses enfants ? Le roi est comme un père, dont les affaires sont dérangées ; il est donc de l'honneur de ses enfants et de leur amour, ainsi que de leur respect, de voler volontairement au secours de ce père malheureux. Le mal est fait, il faut un remède ; mais non tel que celui qu'offre cet écrivain cynique, dont les coupables avis viennent de subir le châtiment que méritent des conseils aussi pernicieux.

Le roi, pour réparer la détresse de ses finances, et pour faire honneur à ses engagements, demande des impôts ; le Parlement, qui sent que le peuple est obéré, s'y refuse : ces alternatives de demandes et de refus aggravant le mal et ne le réparant pas, un impôt volontaire... un impôt volontaire au nom de la Nation, et la Nation se signalera. Les dégâts que la grêle a occasionnés dans les champs au moment de la récolte et les secours généreux qu'on y apportés sont la preuve la plus authentique de ce que j'avance. Je vais prendre depuis les forts de la halle et remonter indistinctement jusqu'aux classes les plus élevées, tout ce qui porte le nom de Français concourra au salut de l'État. Les caisses propres à recevoir les sommes offertes au roi gratuitement de la part de ses sujets seront sacrées, et il ne sera donné des ordonnances sur ce trésor que pour liquider les dettes de l'État, sans qu'on puisse en faire sortir aucune somme, sous quelque prétexte, ou pour quelque genre de spéculation que ce soit ; je voudrais pour assurer l'ordre et la fidélité de cette administration, que chaque intendant des Provinces fût chargé d'une caisse publique, de même que l'intendant de la Généralité à Paris, fût chargé de celle de la capitale ; chaque citoyen qui apporterait à cette caisse, suivant ses moyens, le tribut qu'il aurait bien voulu s'imposer, mettrait son nom sur le registre, en bas de la somme qu'il aurait remise à la caisse publique. Avec cette précaution, on serait à l'abri de craindre la malversation ; on se rendrait compte mutuellement ; tout citoyen se verrait dans le même miroir, et ce portrait touchant caractériserait à la fois l'âme, le cœur et l'esprit français.

L'homme de la halle, ainsi que la femme de charge éprouveraient une satisfaction sans égale de voir leur nom à côté de celui d'un prince du sang : « Allons, mes amis, se diraient-ils ensemble, nous boirons moins de *rogome*, nous irons plus rarement à la *guinguette*, pour porter quelques sols tous les mois à notre bon roi, qui, sans papier *timbré* ni soldats, *la baïonnette au bout du fusil*, nous saura bon gré de cet effort patriotique ; les autres nations ne nous reprocheront pas d'avoir abandonné notre roi : et quand nous aurons tout payé, il nous rendra à son tour tout ce qui dépendra de lui pour nous rendre notre vie tranquille et paisible. » Ah ! si le peuple me lit, comme je l'espère, il reconnaîtra encore que s'il trouve de l'argent pour acheter de la poudre, des fusées (plaisirs toujours dangereux), il en trouvera pour celui qui rendra ses jours fortunés, et ceux de ses enfants, en souffrant encore quelques mois de plus. Le cordonnier, le tailleur, le perruquier, le marchand de toute espèce voyant que tout est dans l'inaction, que le commerce est presqu'anéanti, fera des réserves dans l'espoir bien placé, que quand l'État sera moins obéré, tout refleurira : les vieux célibataires qui jouissent d'une fortune, pour voir leur nom sur la liste des vrais Français, ouvriront leur trésor à l'État. Quant aux prêtres et aux moines, et autres personnes de caractère, je dois exposer quelques réflexions à part : détachés du faste du monde, dispensés de recevoir la société, ministres de la paix et soutiens de l'Église, sans doute ils s'empresseront à mettre leurs noms à la tête de la liste où seront consignés ceux des bienfaiteurs de la Nation. Accoutumés à s'imposer des privations volontaires, pour remplir les devoirs que leur impose le genre de vie qu'ils ont embrassé, quelques privations de plus ne leur coûteront pas pour contribuer, en leur qualité de citoyens, à acquitter la dette nationale. Ceux qui se trouveront revêtus de grandes abbayes et de gros prieurés, vraisemblablement rendront au roi ce qu'ils lui doivent, tant par religion, que par reconnaissance.

Les spectacles, qui, malgré la détresse de l'État et du peuple, sont toujours courus avec la même fureur, ne contribueront pas pour peu, j'ose l'assurer, de la part des comédiens, ainsi que du public, à remplir la caisse que je propose ; et comme dit l'auteur de *L'État libéré*, le jour de représentation, qui sera intitulé le *Spectacle patriotique*, sera un jour de fête et de gala pour les Français. Quant aux princes, seigneurs et riches particuliers, tous concourront à l'impôt volontaire ; mais pour mieux le caractériser, il faut lui donner un titre qui lui convienne ; je voudrais qu'on le nommât l'*Impôt patriotique* : il n'y aurait point jusqu'à la pensionnaire de couvent, qui ne fît des réserves et ne voulût avoir part à cet impôt. Ah ! Combien de jeunes gens se signaleraient dans cette liste, jusqu'à la liquidation des dettes de l'État. Deux jeunes gens que l'hymen unirait, ne croiraient pas leur mariage heureux, s'ils n'envoyaient à cette caisse ; celui qui acquerrait une place ou obtiendrait une grâce, penserait de même. Un héritier apporterait une part de son héritage ; un joueur même, son gain à la caisse patriotique. Oui, j'ose opiner ainsi et d'après mes sentiments, juger de tous mes concitoyens.

Après les avoir enflammés de l'amour de la patrie, dont je me sens pénétrée, je puis encore porter mes vues jusqu'au pied du trône, et rappeler au roi la promesse auguste qu'il fit à son peuple en ceignant son front du diadème de ses sujets ; ses désirs ont été traversés ; le sort, maître du monde, des peuples et des rois, en a décidé autrement ; mais ce sort contraire ne peut empêcher de réparer les fautes, les abus, quand on a reconnu qu'ils ont produit un mal universel : le roi, bon naturellement et bienfaisant, vérité qu'on peut manifester sans être accusé d'enthousiasme ni soupçonné d'adulation. Sa Majesté, toujours veillant au bonheur de ses peuples, mais jusqu'ici contrariée dans ses vues, voyant ce nouvel effort de ses sujets, et suivant les mouvements de sa bonté naturelle, se résoudra sans peine aux plus grands sacrifices ; toutes les finances qui s'emploient à des dépenses infructueuses devraient être reformées et envoyées annuellement à la caisse patriotique. Je ne suis point assez versée dans ces parties pour indiquer ces réformes ; mais une qui m'offusque, et qui se présente sans cesse à mes yeux, me prouve qu'il y en a bien d'autres aussi intuiles. L'École de chant, par exemple, et de déclamation, qui coûte peut-être 100000 livres par an au roi, ces 100000 livres ne seraient point déplacées à la caisse patriotique, et produiraient beaucoup plus de bien que les élèves qui sortent de cette école, et qui ne contribuent en rien au bien de l'État.

J'aime la Comédie, c'est l'école du monde ; mais quiconque va recevoir des leçons, s'il n'a point de sensibilité, ne sent rien, ne fait jamais rien ; *l'esprit ne se donne pas*, dit-on, il peut cependant s'orner ; mais le sentiment ne fait jamais de progrès, si on ne le tient pas de la nature. L'art peut bien former des automates dont il dirigera les mouvements et notera les accents ; mais il ne pourra jamais produire des acteurs doués du génie nécessaire pour s'élever au sublime de l'art de la déclamation. Pour donner la preuve de ce que j'avance, il me suffira de nommer les acteurs célèbres qui se sont immortalisés et ceux qui vivent de nos jours ; assurément ces fameux comédiens n'ont point été à l'école, et je doute fort que jamais ces écoliers montent au degré de leurs maîtres. Le Kain, Mlles Clairon, Gauffin, Dumesnil, MM. Préville, Molé, Madame Préville. Madame Belcourt, Madame Vestris, Mesdemoiselles Sainval, Raucourt, Contat, M. Fleury, tous ces acteurs et actrices recommandables par leurs talents, ont-ils pris des leçons de l'École ? Pour l'Opéra et la Comédie-Italienne, Mesdemoiselles Arnoult, Le Vasseur, MM. Le Gros, Larrivée, Madame Favart, Madame La Ruette, M. Carlin, M. Cailleau, M. Clairval et Mme Dugazon, ces acteurs et actrices, aussi précieux que tous ceux que j'ai nommés, ont-ils pris des leçons de l'École ?

Et ce fameux Garrick !... C'est donc une dépense inutile pour le public ainsi que pour l'État. D'après cette remarque, on en peut faire d'autres avec des points de vue plus étendus que les miens ; mon avis ne serait point qu'on fît aucune réforme dans la Maison du roi ; le souverain doit non seulement inspirer à ses sujets le respect et la vénération par la splendeur qui l'environne, mais encore la montrer aux yeux des peuples étrangers avec un éclat propre à leur donner la plus haute idée des ressources de la Nation. La Cour de France a été de tous les temps la première Cour de l'Europe ; si l'on obscurcit trop son lustre, elle n'est plus la Cour de France, tout véritable Français reconnaîtra encore cette vérité, qu'il entre essentiellement dans la politique de la monarchie de soutenir le trône au point où il s'est élevé. Les Finances qu'on retirerait d'une réforme faite dans la Maison du souverain, il en résulterait bien moins de fruit que de la réforme de ces abus particuliers, sur lesquels on peut faire main basse sans nuire à personne.

L'excès du luxe que mon sexe porte aujourd'hui jusqu'à la frénésie cessera à l'ouverture de la *caisse patriotique* : au lieu d'acheter dix chapeaux de différentes tournures, les femmes essentielles, quoique jolies femmes, car la beauté n'exclut pas la raison et l'amour de son pays ; ces femmes, dis-je, se contenteront d'un ou de deux chapeaux de bon goût, et l'excédent sera envoyé à cette caisse.

La reine, qui a manifesté son vrai caractère en s'empressant de solliciter le rappel de M. Necker, et qui l'a elle-même présenté à Sa Majesté, comme l'espoir unique de la France en ces temps de calamités ; la reine, dis-je, a montré par la joie qu'elle a manifestée dans cette occasion, que les Français n'ont jamais cessé de lui être chers. Qui peut douter qu'elle ne fasse sur les Finances les plus grandes réserves pour augmenter les fonds de cette caisse patriotique ? Et de la Nation enchantée de voir M. Necker à la tête des Finances, lui donnera les moyens de remettre tout dans le bon ordre, et la preuve la plus convaincante de son estime et de sa confiance pour ses lumières et ses vertus.

Les États généraux peut-être trouveront d'autres moyens ; mais quelles que soient les ressources dont leur sagesse fera usage, ils ne pourront trouver déplacés les conseils d'une femme qui, en dépit de la légèreté naturelle à son sexe, n'en a pas moins de bonnes vues ; ce sexe, qu'on se plaît tant à accuser de frivolité, n'en a pas moins en général des idées souvent ingénieuses, et que les sages ne dédaignent pas tout-à-fait : Ils en profitent même quelquefois, et ont la vertu d'en convenir. Quant au fat, au petit maître, à l'inconséquent, et jusqu'au pédant, la femme est à leurs yeux un être inutile dans la société : mais que m'importent les clameurs de ces hommes encore plus inutiles que des femmelettes ; mon but est louable, mon projet est bon, et rien ne peut me détourner du sentier que je me suis frayé. C'est au peuple à qui je propose mon projet, c'est au Parlement à qui je demande s'il est déplacé, et aux États généraux s'il est louable. Si je me trompe, j'en demande pardon au public, et voilà mon amende honorable faite dans les règles ; le Ciel m'a déjà pardonné, puisque c'est lui qui m'inspire, du moins je le pense ; car enfin, je ne peux me refuser de reconnaître que lorsqu'on possède un cœur vrai, une âme pure, un caractère droit, on ne peut avoir de mauvaises intentions, et qu'enfin, si les hommes pensent, les uns bien, les autres mal, les causes qui les animent doivent être différentes ; ainsi, je crois que celle qui m'anime est la bonne cause, et qu'elle part directement d'un être bienfaisant, si j'écris mal, je pense bien : sans doute on trouvera mon style peu correct et plus naïf qu'éloquent, mais quand je posséderai l'art d'écrire comme Voltaire, je le négligerai pour montrer la vérité, pour parler au cœur. Il ne s'agit point de phrases, quand le sentiment est pur, il n'a pas besoin de ton emphatique.

Ô Français ! Véritables Français, connaissez mon âme toute entière : ce n'est point par ambition que j'écris cette épître ; le bien seul de ma patrie, et l'amour et le respect que j'ai pour mon roi, ont seuls excité ma verve, que dis-je ? peut-être en aurais-je étouffé les mouvements, si le trouble que j'ai ressenti, le 26 de ce mois, ne m'avait disposée à rendre mes idées publiques ; mais qu'elles soient considérées ou rejetées, le but sera toujours cher aux yeux de ma Nation ; c'est-là du moins mon espérance : si j'étais assez heureuse pour en voir l'accomplissement, sans doute ma récompense serait trop grande. Pour que je ne sois pas accusée ou soupçonnée d'une ambition démesurée, je tairai mon nom, il deviendrait trop fameux, si mon épître produisait quelque bon effet. Moi-même je craindrais de m'enorgueillir et d'empoisonner la simplicité dont la nature m'a douée. C'est avec ces sentiments de fraternité, que je suis pour mes compatriotes, la plus zélée et la plus sincère citoyenne.

Le Bonheur primitif de l'homme, ou les Rêveries patriotiques

(Avril 1789)

Je me suis peut-être égarée dans mes rêveries : il fallait en effet m'écarter de mon but pour remplir ce titre. J'étendrai mes réflexions d'après mes simples connaissances, et la nature, de qui je tiens tout, me guidera dans mon entreprise. Mon projet est périlleux, cette entreprise hardie ; mais dussé-je être forcée moi-même à reconnaître mes erreurs et mon impuissance, je parlerai... J'examinerai indistinctement tout ce qui caractérise les sottises de l'homme depuis qu'il a perdu son bonheur. Je l'observerai dans ses plaisirs, son ambition, ses tourments, son hypocrisie, sa scélératesse et ses espérances.

Dans cette matière, il faudrait avoir l'art et le génie de Rousseau, qui montre partout l'homme instruit et l'homme de la nature. Cependant ses opinions n'en ont pas moins excité la critique ; et lorsqu'on devait élever un autel à sa mémoire, plusieurs productions religieuses ont cherché à la ternir : mais elle est gravée en caractères ineffaçables au temple de la Gloire. Voltaire, ainsi que bien d'autres, ont-ils voulu perdre le monde ? Non, sans doute ; ils avaient leurs principes ; ils étaient libres de les proposer : mais malheur à celui qui prétend condamner l'opinion d'autrui, et qui a le vain orgueil de se persuader que la sienne seule est bonne, et qu'elle doit être adoptée.

Si l'homme n'a pas la liberté de penser, il faut donc lui ôter la raison. Nous croyons tous voir la même vérité, quand tous nous voyons différemment. Il en est ainsi des religions. Que de cultes divers ! Mais le vrai dieu, tel que l'on doit se l'imaginer, est, ce me semble, un dieu généreux et bienfaisant ; il laisse prospérer toutes les nations, sous quelque forme que l'on veuille l'adorer. Quelque bizarrerie que les hommes puissent mettre dans les vœux qu'on lui adresse, ces vœux n'en vont pas moins à lui. Seul Être suprême, il ne peut les partager avec personne. Cependant, que de maux la religion n'a-t-elle pas produits ? que de contestations ne causera-t-elle point encore ! L'homme est-il assez généreux pour être juste ? Mais, pour le trouver tel, il faudrait le faire remonter au temps primitif. Malgré tous les raisonnements que l'on a faits sur cette manière, je n'entrevois aucune marque certaine, aucune notion bien fondée, qui me prouvent que l'homme ait été sans génie, sans justice, et sans humanité dans sa première origine.

Les auteurs les plus anciens ont peint différemment les mœurs des premiers hommes. Les Modernes ne les ont pas moins dénaturées, en voulant cependant les placer près de la Nature. Que d'opinions différentes ! que de systèmes opposés les uns aux autres ont paru ! D'après ces observations, on peut douter des lois et des mœurs des premiers hommes, puisque les plus éclairés n'ont point été d'accord à ce sujet. Je veux moi, ignorante, essayer de m'égarer comme les autres. Et qui sait si je ne rencontrerai point la vérité ? Alors, quel sera l'être assez hardi pour dire que je me suis trompée ? S'il en existe, ce dont je ne répondrai pas, je le déclare d'avance pour le plus fou et le plus insensé. Nous disserterons sur cette matière et nous combattrons nos folies. J'admire l'homme dans ses vastes desseins ; mais quand je l'examine avec ses erreurs et ses sottises, il me fait pitié. Le Moderne le plus instruit peut-il se croire plus merveilleux et plus grand que l'homme qui sortit des mains de la Nature ? Ah ! sans doute il a dégénéré ; et si Dieu lui-même a pétri l'homme et la femme, ces deux modèles devaient être parfaits. Si nous descendons directement de ces deux mortels, les hommes ne vivaient point comme les brutes : ils ne bâtirent pas d'abord des palais, mais des cabanes aussi agréables et sans doute plus saines que ces espèces de prisons somptueuses que les arts et le luxe ont créées.

Il est à croire que le premier homme porta avec lui l'esprit, le génie, les sciences, les talents, les vices, et les vertus ; à moins que Dieu, avant de créer l'homme, n'eût semé tout cela sur la terre, et qu'il lui eût dit, en l'animant : « Cherche, et tu trouveras ce qui te convient. »

Voilà, selon que je le présume, quels sont les différents systèmes des philosophes. Si l'on en croit Jean-Jacques dans son *Discours sur l'origine et les fondements de l'inégalité parmi les hommes*, l'on verra que, d'après ce fameux écrivain, l'homme a souffert des siècles pour parvenir au degré où il est ; que tantôt il l'élève dans son état naturel, et que parfois il l'avilit. Jean-Jacques avait trop de lumières pour que son génie ne l'emportât pas trop loin, et c'est peut-être ce qui l'a empêché de saisir le véritable caractère de l'homme dans le temps primitif ; mais moi, qui me ressens de cette première ignorance, et qui suis placée et déplacée en même temps dans ce siècle éclairé, mes opinions peuvent être plus justes que les siennes. Tant de lumières et de savoir n'ont pas produit le bien qu'ils ont coûté. Aussi je vais prendre l'homme sortant des mains de la Nature, le faire monter au degré où il est parvenu, et le faire entrevoir dans l'état où il pourrait retomber.

Chapitre premier

Du bonheur de l'homme

Je suppose les hommes quand ils furent au nombre de cent ou de mille ; j'aime mieux les prendre à la première génération, pour voir le premier homme donner des lois à ses enfants et à ses arrière-petits-fils. Il me semble le voir à son lit de mort exhorter toute sa famille.

Est-ce dans une forêt, dans des creux d'arbres, ou dans le centre des rochers que ces hommes habitaient ? Je me figure qu'ils avaient choisi à cette époque un coteau, une perspective agréable, et que leur habitation était à l'abri du soleil et des intempéries de l'air ; que ces hommes avaient déjà reconnu tout ce qui était propre à leurs besoins, tant pour les vêtements, que pour la nourriture. Enfin quelle fut la loi la plus agréable qui s'établit parmi ces hommes ? Ce fut sans doute celle de l'humanité, du moins je me plais à le croire ainsi. Cette loi fut indiquée par le plus ancien ; et voilà comme j'imagine qu'elle fut prononcée, ou comme je l'ai rêvé.

Si tout l'Univers me demandait à mon dernier moment, des avis qui pussent contribuer à faire recouvrer le bonheur de l'homme et la loi qui pourrait le maintenir dans ce bonheur (ce qui n'est plus praticable après tant de siècles qui se sont écoulés depuis que l'ambition l'en a fait sortir), je renverrais alors tout l'Univers au premier homme instruisant ses enfants à la fin de ses jours, sur l'égalité et sur l'humanité. « J'ai reçu du Ciel l'intelligence, le sentiment, et la parole. Ces avantages, supérieurs à l'instinct des brutes, me rendirent tout-puissant et redoutable à tous les animaux de la terre. J'ai senti et reconnu que je devais élever mes enfants dans les mêmes dispositions que Dieu m'avait données. Je vis les brutes courant de toutes parts, n'ayant jamais d'asile fixe ; ne devant qu'au hasard leur nourriture et leur gîte. Mon premier soin fut de couvrir mon corps de feuillages ; ma nourriture fut d'abord les fruits ; mais lorsque je reconnus l'usage du feu, les animaux devinrent ma pâture ; et à proportion que j'étendais mes lumières, je reconnus encore que la peau des ours et des lions, ou d'autres animaux, était plus propre à me couvrir et à me réchauffer que des feuilles qui se flétrissaient sur mon corps au bout de quelques heures. Pour me reposer à l'abri du soleil, j'entrai dans une forêt ; mais la nuit était trop fraîche ; la rosée du soin et du matin m'en chassèrent bientôt. Les arbres touffus se présentèrent à mes yeux comme étant propres à me procurer un couvert plus sain, si je les déplaçais de leur position. Ce fut sur un terrain sec et plat que je posai ma première cabane ; je la couvris de branches et de feuillages, et je cherchai les feuilles les plus sèches pour former mon coucher. Ma compagne me fit faire une remarque sur de petits oiseaux qui avaient formé un nid avec des matières plus solides que celles que j'employai pour mon premier couvert. Je pris ce nid, j'examinai comme il était fait ; et par une cause que je ne pouvais deviner, je voyais que si l'Être suprême m'avait donné la raison et les facultés intellectuelles, il avait donné en partage aux animaux un instinct qui avait dévancé les lumières supérieures qui m'avaient été accordées. Je trouvai dans ce nid trois petits oiseaux qui venaient d'éclore ; ils étaient couverts d'une espèce de duvet qui rendait leur habitation plus close. La carcasse de cette maison était composée de terre, de paille, enfin d'une matière très solide. Dès l'instant même je construisis une chaumière à l'instar de ce nid : je la couvris de chaume ; et la plume des oiseaux que je tuai devint notre coucher. Nous avons embelli nos demeures à proportion que nos connaissances se sont développées ; mais enfin je désire, mes enfants, que vous en restiez au degré où vous êtes parvenus. Vos familles vont s'augmenter : craignez de multiplier vos besoins. Le bonheur est né avec l'homme ; je vous l'ai conservé jusqu'à présent : tremblez de le perdre. » Tous se jetèrent à ses pieds pour lui demander les moyens de maintenir l'ordre et l'amitié qui régnaient parmi eux, et d'indiquer la punition de celui qui voudrait s'en écarter. « Il la trouvera, leur dit-il, dans son propre malheur. Vous chérissant comme vous m'aimez, vous voyant unis comme vous l'êtes, je ne peux pas prévoir le malheureux sort qui pourra vous diviser. Mais enfin vous me demandez de prévoir ce que je crains pour vous, sans en deviner la cause. Je vais vous établir une loi ; puisse-t-elle toujours vous conserver dans le bonheur où je vous laisse, et ne pas devenir la source de vos maux ! Malheur à celui qui l'enfreindra, et sans doute il ne sera pas le dernier. »

Vraisemblablement le sage vieillard sentait que l'homme était disposé à la désobéissance et à la révolte ; mais les cris d'allégresse de ses enfants lui firent prévoir que l'homme voulait être subordonné, et il prononça : « Vous êtes au nombre de cent : en moins d'un siècle vous serez mille. La terre est assez grande pour fournir à vos besoins ; mais il faut aider avec soin à la Nature. Il faut cultiver la terre ; et à mesure que vous ferez des découvertes, vous verrez l'émulation s'étendre parmi vous. Que vos biens soient en communauté, vos portions égales, vos vêtements et vos habitations les mêmes, vos mœurs simples et douces ; la veille des moissons sera un jour de fête. L'humanité souffrante sera toujours secourue par l'humanité forte et robuste ; les enfants serviront les pères, les frères cadets les aînés, excepté dans les circonstances de maladie. Si le fils est malade, le père bien portant devient le fils, et doit lui donner tous les secours qu'un père peut donner à ses enfants ; le frère aîné devient le cadet ; et celui qui n'a ni père ni frère devient le fils adoptif du plus proche voisin ; il a les mêmes prérogatives des autres enfants. Tous les hommes indistinctement doivent concourir au bien public, sans qu'ils puissent s'y refuser, sous quelque prétexte que ce puisse être, excepté l'infirmité ou la maladie. Les femmes qui allaiteront leurs enfants, seront exemptes des travaux publics ; les jeunes filles iront aux champs, garderont les bestiaux. Il me semble que la laine des moutons a une propriété qui pourra un jour vous être très utile ; mais ce n'est point sur les expériences que vous êtes à même de faire, que je dois prononcer. Je sens que Dieu me reprend la vie qu'il m'avait donnée, et que, par ma mort, vous allez vous convaincre que l'homme ne fera que naître et mourir ; mais ne perdez jamais de vue la loi que j'établis parmi vous. Que celui qui voudra anticiper sur les droits de son frère, de son voisin, de son ami, soit chassé du centre de sa famille et de la société ; comme un rebelle : il ira vivre tout seul dans le désert, et y attendre que le courroux du Ciel termine ses jours. Ne souillez jamais vos mains dans le sang de vos semblables : Dieu seul a droit de disposer de la vie de l'homme, puisque Dieu seul la lui donna. Vous ne pourriez abréger les jours de vos frères sans vous exposer à son éternel courroux, sans offenser à la fois la Divinité suprême et sa céleste puissance… Ôtez à un méchant les moyens d'exercer sa méchanceté, mais ne lui ôtez point ce qui ne vous appartient pas. Laissez à l'Être suprême ce qui est à sa seule disposition : c'est lui qui m'inspire et qui me ranime dans mes derniers instants. Suivez-le dans toute la Nature ; levez les yeux vers le ciel ; et ne perdez jamais de vue qu'il voit sans cesse vos actions et qu'il lit dans vos âmes. » Le vieillard demanda à ses enfants, pour dernier service, qu'on le mît sur le seuil de la porte, et qu'il pût considérer encore le soleil. « Ô mon Dieu, s'écria-t-il en admirant cet astre, je puis, avant mon dernier moment, vous faire cette prière pour mes enfants. Que votre feu divin n'échauffe plus la terre, qu'il lui ôte la clarté, si aucun de mes neveux s'écartait de la loi naturelle que je lui indique par votre inspiration. » Après ces mots, il embrassa chacun de ses enfants, et il rendit l'âme en fixant le soleil.

Ce corps inanimé jeta pour la première fois l'effroi dans cette famille. En vain on cherchait à le réchauffer, on le gardait à vue dans le lit ; mais ils s'aperçurent bientôt qu'un homme mort n'avait plus besoin de secours, et que l'infection qu'il répandait les forçait à s'éloigner de lui. On imagina le moyen qu'ils pourraient prendre pour le dérober à leur vue : ils n'en trouvèrent point d'autre que d'abandonner leurs habitations, sans s'écarter cependant bien loin des terres qu'ils avaient déjà cultivées. Ils bâtirent de nouvelles chaumières à quelque distance des anciennes, et bouchèrent tous les chemins qui pouvaient les ramener de ce côté, avec des pierres et des buissons. Leurs regards cependant se tournaient souvent vers cette enceinte ; les larmes coulaient de leurs yeux quand ils se rappelaient leur premier père. Le temps, qui efface tout, tarit leurs pleurs. La concorde régnait toujours parmi ces peuples, qui multipliaient à vue d'œil ; leurs connaissances s'étendaient et se développaient avec l'âge : le soleil était le dieu qu'ils adoraient. Les hommes commençaient leurs travaux, quand l'aube du jour commençait à paraître. Aux premiers rayons du soleil, ils se mettaient à genoux devant cet astre bienfaisant ; et à son coucher, c'était la même cérémonie. Tous les travaux finissaient dès que l'astre avait disparu. Alors on se délassait par des jeux innocents. Le chant des oiseaux avait appris à l'homme à trouver des sons. Ceux qui étaient nés poètes et musiciens formaient des accords. Les jeunes filles qui possédaient une jolie voix, récitaient ces chants naturels, qui valaient peut-être ceux de nos jours. Ils n'avaient ni esclaves ni valets ; tous étaient maîtres et soumis ; on ne fatiguait point l'esprit ; le travail du corps entretenait une santé robuste. L'homme arrivait au travail accompagné par le chant des oiseaux ; ses cris d'allégresse se confondaient ensemble, et c'était l'accord parfait de la nature. L'on chantait sans cesse, et l'homme était toujours content.

La plus belle institution du bonheur de l'homme et de la loi naturelle, c'était le respect qu'ils portaient au lien sacré qui réunissait les époux ; deux êtres n'étaient unis ensemble que d'après leurs penchants réciproques ; le temple de l'hymen était le sommet d'une montagne. Là, devant le soleil, ils se juraient un amour constant et une amitié indissoluble ; ils invoquaient de même le Dieu de la lumière, ainsi que leur premier père, et le priaient d'éteindre son flambeau, si jamais ils trahissaient leur serment ; leur foi était pure et naturelle, ainsi que leurs plaisirs. Ils apprirent à semer le grain ; non à le moudre d'abord, mais à le piler, pour faire une espèce de gâteau bien différent du pain que nous mangeons aujourd'hui : ils n'avaient point inventé de fours ; et j'ose présumer que la première pâte qu'on mit au feu, fut au milieu des cendres ou sous la braise, comme j'en ai fait moi-même dans mon enfance ; et je me rappelle encore ces expériences avec plaisir. Quel est l'homme qui ne regrette pas ses premiers ans ? C'est l'âge heureux, dit-on. Peut-on se refuser de reconnaître que cette heureuse enfance est l'image du bonheur des premiers hommes ? Les savants et les enthousiastes des sciences plaignent, disent-ils, ces hommes ignorants, qui ne redoutaient aucun danger, et à qui l'humanité même était étrangère. Il faut donc supposer que la Nature leur avait tout refusé, et qu'elle avait conduit les hommes aux siècles de la dévorante ambition et de la dépravation la plus effrenée, pour leur apprendre leur bonheur et l'utilité de ces lumières. Ah ! sans doute, je dois penser différemment, et présumer que l'homme a étendu trop loin ses connaissances. Il en est actuellement à la dernière période ; à force de chercher, il s'écarte du vrai, et ne trouve qu'une ignorance qui fatigue son jugement, et finit par égarer sa raison. Il n'aura ni la force ni la vertu d'en convenir ; mais je veux lui donner une image frappante du malheur où je le vois et du bonheur qu'il a perdu.

Le bonheur n'est point arbitraire, on ne peut le contester ; il est idéal : c'est une vérité reconnue. Je demande donc si le premier homme qui trouva sans effort de quoi se nourrir, se vêtir, se coucher, n'était pas mille fois plus content et plus satisfait que celui qui se tourmente sans cesse jour et nuit auprès d'un fourneau ardent, pour trouver je ne sais quoi ; enfin cette pierre philosophale, dont on a vu tant de fous s'occuper ? Eh ! combien n'en voit-on pas qui s'en occupent encore ! Un autre fou n'a d'autre but que de faire son profit de ses inutiles recherches. Avec son air inflammable et ses machines aériennes, il vient nous ennuyer, par la voie des journaux, de ses discours emphatiques, de ce qu'il visite tous les souverains de l'Europe, non dans son aérostat, car le voyageur aérien arrive toujours en poste dans les Cours étrangères, et son balcon par le coche ; mais il n'en étale pas moins aux yeux de l'Univers ébloui, ses tabatières, ses étuis, ses montres, ses diamants, et ses heureuses et sages découvertes.

Je ne dédaigne point les sciences, quoique la bizarrerie de mon étoile ait voulu que je fusse ignorante ; mais c'est l'abus que je condamne. Quel est l'homme qui n'est point savant actuellement ? Quel est le laquais, le tailleur, et le fruitier qui ne veulent pas être philosophes ? La fureur de s'instruire est devenue actuellement une maladie nationale. Tous les hommes vont aujourd'hui au même but ; on ne distingue presque plus le sage d'avec l'insensé. On dit et l'on fait tant de choses inutiles, que je ne vois que confusion d'idées et de projets. Je compare ce siècle à celui de la tour de Babel ; cependant les hommes d'à présent assurent que jamais la langue ne fut plus épurée, les idées plus claires, et qu'on est monté au suprême degré des connaissances humaines. Tant de lumières entraîneront peut-être de grands inconvénients. Il faudra descendre de cette élévation, pour mettre des limites aux sciences et aux arts. Un artisan ne doit ni parler ni penser comme un D[e] P[ompignan], un coiffeur, comme un C[aron] D[e] B[eaumarchais], parce que ces hommes deviendraient trop dangereux pour la société et pour la patrie. Depuis que l'autorité s'est introduite parmi les hommes, cette même autorité doit tenir adroitement chaque classe dans sa sphère. Si j'allais plus avant sur cette matière, je pourrais m'étendre trop loin, et m'attirer l'inimitié des hommes parvenus, qui, sans réfléchir sur mes bonnes vues, ni approfondir mes bonnes intentions, me condamneraient impitoyablement comme une femme qui n'a que des paradoxes à offrir, et non des problèmes faciles à résoudre. Je ne réponds pas cependant de me taire sur cette matière ; mais passons au chapitre suivant.

Chapitre second

Des plaisirs de l'homme

Le bonheur le fatigua ; il était trop uniforme. Je pense que le premier qui se dégoûta du vrai bonheur, fut comme ce mari dans le conte du pâté d'anguille. Sa femme lui parut moins intéressante que celle de son voisin ; il conçut le coupable dessein de la séduire. Les peines et les soins que cette entreprise lui coûtèrent, redoublèrent ses feux, et rendirent sa passion indomptable. Sa fidèle moitié lui devenait à charge ; et plus elle s'empressait à lui prodiguer ses tendres caresses, plus son cœur se dégoûtait d'elle. Il n'osait paraître à la lumière : c'était dans la nuit, en l'absence de l'astre adoré, que le coupable s'abandonnait avec moins de contrainte à son penchant. Il devint rêveur, et enfin malade. La beauté qui avait égaré ses sens parut devant lui, et, comme plus robuste que son épouse, elle fut choisie pour sa garde-malade.

Sans doute dans ce temps l'amour fut timide ; mais que ne peut-il pas exprimer dans le plus grand silence, quand deux cœurs sont d'intelligence ! La jeune garde-malade fut touchée vraisemblablement de l'état de son voisin. Le même vice, le même poison, ou, pour mieux dire, le même penchant avait subjugué sa raison et sa vertu. L'amant proposa un rendez-vous nocturne. L'amante, faible et plus coupable que l'amant, l'accepta. Ce fut dans le centre d'un rocher, la veille de la moisson, que ces deux amants profitèrent de la joie générale, pour se livrer à des plaisirs coupables : ils se rendirent à l'heure convenue dans la grotte où l'amour avait tramé leur perte. La première éclipse de soleil se fit ce jour-là. Quel phénomène terrible pour ce peuple innocent ! Le soleil s'obscurcit, le tonnerre gronde, la terre tremble ; les eaux, emportées par les vents, vont se briser sur les rochers ; l'astre disparaît lorsqu'on s'aperçoit que les deux coupables manquaient dans l'auguste société. On n'entend que des cris lugubres ; des hommes, des femmes, des enfants criant de toutes parts, invoquant la Divinité. Les deux amants, retirés dans le centre du rocher, ignorent le fléau que le ciel répand sur la terre. Ce n'est pas un événement naturel et passager comme de nos jours ; c'est un peuple vertueux, qui se croit maudit du ciel. Enfin, les deux amants, à peine entrés dans la grotte, en sont rappelés par des cris qui retentissaient dans le fond du rocher : ô terrible surprise ! Ils se cherchent des yeux et ne peuvent plus se distinguer. Ce phénomène rend leur passion plus calme ; le voile de l'erreur ne couvre plus leurs yeux ; ils ne voient plus que le crime. L'amante s'enfonce dans le rocher, se précipite à terre, et implore la clémence du ciel. Le coupable, plus furieux de son repentir, veut aller se jeter dans les flots ; mais il ne voit plus de chemin : ses cheveux se dressent sur sa tête. Il rejoint ses frères dans une vallée, où il les trouve tous prosternés vers le ciel. Il se jette au milieu d'eux ; il implore la mort ; mais ils la lui refusent cruellement ; et n'observant que la loi divine que le premier père leur a laissée en mourant : « Va-t'en, lui dirent-ils, fuis loin de nous, fils, époux et père coupable. » À peine ces paroles sont-elles prononcées, que la terre s'affermit, le tonnerre s'éloigne, les vents se calment, et le soleil reprend sa première splendeur. Ô miracle de ce temps ! Le peuple, pour le manifester, s'exprime par des cris d'allégresse. Ils chassent le rebelle avec joie ; ils imaginent d'entourer l'enceinte de leurs habitations ainsi que leurs campagnes, de murailles d'une hauteur prodigieuse ; mais ils n'ont pu prévoir que le rocher qui renferme sa complice est en dehors de ces immenses barrières. L'homme qui a fait un pas vers le crime, en fait un second sans peine, surtout lorsqu'il y trouve des appâts. Le soleil lui parut clair, plus brillant que jamais ; il osa le fixer sans rougir, et il crut qu'en l'offensant, il pouvait l'invoquer. Semblable à ces âmes pieuses, qui expient sans cesse leurs fautes sans pouvoir s'en corriger.

Ainsi le premier coupable demanda pardon de son crime à l'Être suprême, et ne lui demanda pas moins de lui permettre d'aller habiter une autre partie de l'Univers avec l'objet infortuné qui restait sans appui et sans asile, de même que lui.

Il entra de pied ferme dans la grotte, sans craindre que le ciel fît écrouler sur eux le rocher, et il en sortit aussitôt tranquille et rassuré avec sa nouvelle épouse.

Satisfait de voir que sa prière avait été exaucée, que le ciel était serein, l'astre du jour plus pur et plus brillant, ce fut alors que sa nouvelle compagne, reprenant ses forces, crut à son tour que le Dieu qu'ils invoquaient était un Dieu qui pardonnait aux coupables. Ils ne cessèrent donc point de l'adorer, mais avec moins de crainte. Il faut ici reconnaître que les Religions ont perdu de leurs forces et de leur empire, d'après la tâche que l'on a imposée aux hommes ; et que naturellement faibles et frivoles, il était de toute impossibilité qu'ils pussent s'y conformer, sans blesser les dogmes de cette Religion trop sévère. La faute est devenue un péché d'habitude, ou pour mieux dire, un instinct naturel, où l'homme se sent porté malgré lui. On s'est trop accoutumé aux pardons des ministres de Dieu.

S'il eût été possible que les hommes ne se fussent accusés de leurs fautes que devant l'Être suprême, sans doute ils auraient été plus circonspects. J'ose croire, je puis me tromper, que le peuple qui adorait le soleil, n'était pas un peuple tout à fait insensé. Cet astre n'est-il pas l'âme mouvante de toutes choses ? Dieu ne l'a-t-il pas créé pour échausser et vivifier la terre ? N'est-il pas démontré que sans l'existence du soleil, rien ne serait animé ? Serait-il donc surprenant que les hommes qui adoraient le soleil, fussent plus purs, plus fidèles à leur culte que tous ces peuples différents qui suivent tant de Religions bizarres ? Ce Dieu se montre partout, à tous les hommes, et nul mortel ne peut l'éviter. Les temples sont fermés : la Divinité que l'on cache est celle que le malfaiteur ne redoute pas. Il me semble que les croyants du soleil ne formaient pas de coupables desseins, sans qu'ils en fussent sur-le-champ détournés, sitôt qu'ils levaient les yeux au ciel. Je présume aussi, que s'il a été possible que dans cet heureux temps il se soit commis des forfaits, c'était dans les ténèbres et dans l'horreur de la nuit. Le crime alors n'osait se montrer au grand jour ; mais actuellement c'est en public et dans la société qu'il lève un front altier.

Cependant Rousseau ne distingue pas, pendant des siècles entiers, ces hommes des animaux. Il rapporte des faits connus des peuples sauvages, et il veut que tous les hommes des premiers temps aient agi et pensé comme les brutes, que leurs idées ne furent ni plus développées ni plus utiles, et enfin qu'ils étoffent épars dans l'Univers, sans avoir songé que bien tard à se rassembler ; que pendant longtemps, ils se sont exercés à trouver des sons, avant de découvrir la parole. Le premier qui fit cette découverte était un grand homme. Je l'avouerai, s'il n'avait pas reçu déjà de ses pères son intelligence ; et je pense au contraire que, suivant les révolutions de la terre, les hommes ont été, tantôt plus sauvages tantôt plus policés : mais pour dégrader son origine, il faut ne pas admettre l'existence d'un Dieu. Si les hommes n'ont acquis la pénétration qu'à l'époque où ils ont bien voulu apprendre à lire et à parler, il ne s'ensuit pas moins qu'ils s'entendaient parfaitement dans leurs jargons, et qu'ils pouvaient se communiquer toutes leurs pensées. Voyez ce qu'ont pu les signes sur les sourds et muets. Combien de fois la langue n'a-t-elle pas varié ! M. le Brigaud en a trouvé douze cent soixante. Je voudrais, si l'on goûtait mes observations, qu'on fît une expérience utile à jamais à la race future ; rien ne serait plus aisé. Je suppose dix lieues de pays en bon produit et en belle perspective ; enfermer cet espace par des murailles extrêmement élevées, prendre des hommes et des femmes muets, leur mettre entre les mains douze enfants de chaque sexe, venant de naître, et qu'on prendrait aux Enfants-Trouvés : on les renfermerait, avec les muets, dans cette habitation, et personne ne pourrait y entrer, que celles que le Gouvernement nommerait pour régir cet établissement. On reconnaîtrait facilement par cette expérience quelle était l'émulation des premiers hommes. Vraisemblablement les enfants, en trouvant la parole, se croiraient supérieurs aux muets, comme les hommes à l'égard des animaux. Je suis persuadée qu'à peine quinze ans se seraient écoulés, qu'on ferait des découvertes sur ces hommes séparés de la société policée ; des découvertes, dis-je, très utiles. Il faudrait les laisser libres dans leur penchant ainsi que dans leur émulation, laisser agir entièrement la nature, et reconnaître ce qu'elle produirait de nos jours.

Pour donner la preuve que mes opinions ne sont pas sans fondement, je reconnais qu'il y a encore des sauvages qui commettent des actes de férocité, qu'ils ne prévoyent pas au-delà du lendemain. Mais n'ai-je pas à offrir au genre humain les mêmes tableaux dans nos mœurs policées ? Les scélérats qui ne respirent que le crime, et dont l'instinct n'a jamais combiné que les forfaits, ne sont-ils pas mille fois plus sauvages et plus barbares que ceux qui vivent dans le creux des rochers, au fond des forêts et des déserts ? N'a-t-on pas vu un fils assassiner son père ? N'a-ton pas vu un époux égorger sa femme ? et enfin un infâme pâtissier employer la chair humaine pour satisfaire sa cupidité, et en faire un régal aux hommes ? Voilà, je pense, des sauvages que nos mœurs policées n'ont pu rendre plus humains. Le sauvage qui vend son lit le matin, et qui prévoit peut-être le contraire de Rousseau, pense que la mort le dispensera d'en faire usage le soir. J'ignore l'emploi qu'il peut faire du produit qu'il en retire, à moins que la même valeur ne lui en procure un autre, quand il en a besoin. Dans ce cas, je considère cet usage comme un genre de commerce qui doit entretenir une certaine émulation dans ce peuple. Mais nos dissipateurs des siècles policés, ces prodigues sans frein, ces hommes qui vendraient, non seulement leurs lits, mais leurs épouses, leurs enfants, la nature entière, pour satisfaire un instant de plaisir, ne sont-ils pas des sauvages instruits, nourris dans le vice et sans la plus petite ombre de prévoyance pour l'avenir ? Les joueurs pour le jeu, les libertins pour les femmes, l'ivrogne pour le vin, un gourmand pour un repas : enfin, s'il fallait m'étendre sur cette matière, que d'exemples j'aurais à rapporter ! Mais ne me suffit-il pas de ces preuves, pour être persuadée que dans tous les âges, dans tous les temps, dans toutes les mœurs, il y a eu des hommes féroces et des hommes désordonnés ? Mais jamais la nature n'a perdu ses droits ; et lorsqu'elle a favorisé un être d'une lueur de génie et d'une portion d'humanité, elle a fait plus pour lui, que toute l'instruction possible : elle a été avare et prodigue pour certains hommes. Et, quelque jour, je rapporterai un fait qui prouvera que l'instruction ne peut rien sur ces individus stupides et bouchés ; qu'elle en peut faire des pédants insoutenables, qui ne vous parlent que par citation, qui ne pensent que par autrui, et qui sont incapables d'avoir une idée ingénieuse.

Chapitre troisième

De l'ambition de l'homme

Ces deux infortunés, chassés de leur foyer et du sein de leur famille, se retirent dans un endroit où la nature s'était plu à déployer toutes ses richesses. Bientôt leur industrie leur en fit connaître tout l'avantage ; et au bout de quelques années, ils virent croître leur famille avec leur fortune. À peine trente ans s'étaient écoulés, que ce père fut plus avancé en découvertes, et en fertiles campagnes, que ses premiers ancêtres. Il avait fait des expériences, comme de pratiquer une espèce de nacelle sur l'eau, et qu'il chargea d'abord de pierres. Il la laissa voguer à son gré ; et la suivant de loin, il vit et reconnut que l'eau avait assez de force pour en porter une plus grande et plus chargée, dans laquelle il pouvait se hasarder avec sa famille, s'il pouvait trouver le moyen de la diriger. Il s'aperçut que cette espèce de nacelle s'arrêtait au pied d'un morceau de bois qui dominait sur l'eau, et qui la fit tourner d'un autre côté. La Nature, ou Dieu même, avait semblé poser cette perche dans la rivière, pour apprendre à l'homme qu'il fallait s'aider d'un morceau de bois pour la conduire. De là, il construisit des rames, et après les avoir agitées plusieurs fois dans l'eau, il trouva la manière de diriger sa barque. Ses voisins, qui ne l'avaient pas vu depuis trente ans, et qui pensoient que la foudre du ciel l'avait précipité dans les ténèbres, ainsi que sa complice, étaient loin de s'attendre de le voir paraître un jour triomphant sur l'onde ; car aucun n'avait essayé la navigation. Ce père d'un nouveau peuple projeta d'aller se présenter, avec tous ses enfants, aux yeux de ses frères et de ses amis. Ce projet fut concerté par lui seul, et n'offrit à sa femme et à ses enfants qu'une partie de plaisir sur l'eau. Tous attendaient avec joie le jour choisi pour cette fête. Ô malheur imprévu ! phénomène du hasard, qui a rendu dans tous les temps la plupart des hommes superstitieux !

Ce fut encore une veille de moisson, un jour d'éclipse que le proscrit revint dans le lieu de sa naissance. Le vice en était sorti depuis son évasion. Ce peuple était heureux parce qu'il n'avait pas recherché les faux plaisirs. La rivière qui traversait l'enceinte de ses habitations n'était point bouchée ; ils n'avaient point encore construit de pont. Le coupable, parvenu à un degré de science supérieur aux connaissances de ses ancêtres arriva aux yeux de sa famille, dans une barque richement appareillée, bien construite, et remplie d'hommes et de femmes, dont tous annonçaient la santé la plus robuste, parce que la richesse du pays qu'ils pouvaient parcourir, leur fournissait tous leurs besoins nécessaires ; et que ceux qui s'étaient enfermés, n'avaient pas prévu qu'ils s'agrandiraient, et que leurs besoins se multiplieraient avec leurs familles. La société était devenue leur partage. Une maladie épidémique avait détruit la moitié de ces habitants, et affaibli le reste. À peine aperçurent-ils venir cette barque, que tous volèrent sur la rive. Mais quel nouvel événement vint accabler ce reste d'hommes heureux dans leur paix, dans leur concorde ! C'est une seconde éclipse qui leur présente ce phénomène. Ils reconnaissent en même temps l'auteur de leurs maux. Leur âme est émue, leur esprit est saisi ; mais le coupable, plus hardi, prend la parole, et leur tient ce discours d'un ton assuré : « Le ciel, comme vous voyez, ne m'a point accablé de son courroux. J'ai failli, je le sais ; mais vous faillîtes encore plus que moi en m'éloignant de votre sein paternel. Dieu n'a pas créé l'homme pour le maudire ; il lui a donné la raison pour se corriger lui-même. Il ne m'inspira pas l'affreux courage de me détruire : je connus les remords avec la pitié. La victime que j'avais entraînée dans mon crime allait périr dans le fond d'un rocher. L'astre, que nous adorons, et qui va, dans quelques minutes, nous paraître plus pur et plus brillant, reprit sa lumière. Après avoir erré quelques heures, il sembla me ramener, par ses rayons couchants, vers la grotte où j'avais abandonné la complice de ma faute. Hélas ! quelle était sa situation ! elle voulait mourir pour expier son crime. Mais je lui représentai que sa vie ne lui appartenait pas ; qu'il fallait suivre le décret absolu du ciel. Elle se rendit à cette vérité frappante. Nous nous éloignâmes de cette enceinte de quelques lieues ; mais à peine avions-nous quitté notre demeure, que les regrets s'emparèrent de nos cœurs. Nous tournâmes nos pas, quelques jours après, vers cette auguste enceinte ; et nous espérions vous fléchir, quand d'horribles barrières s'élévèrent devant nous. Il fallut céder à la rigueur du sort. Seuls et sans asiles, nous avons produit cette nombreuse famille : tous sont des hommes industrieux et qui vous chérissent comme moi. Tendez-nous vos bras ; nos biens et nos découvertes sont à vous. Ne formons plus qu'une même famille, et craignons de nous séparer. »

Plusieurs se rendirent à ce discours mais les plus superstitieux se révoltèrent, et le maudirent de nouveau ; et comme la férocité n'était pas leur apanage, ils se contentèrent de fuir ces nouveaux habitants. Quelques-uns des plus superstitieux, n'écoutant que leur désespoir, et croyant fermement que la révolution du soleil était un signe certain du courroux de Dieu, se précipitèrent au fond des eaux. Les enfants de cette nouvelle race avaient déjà découvert l'utile faculté de nager. Ils se plongèrent dans les flots, et les sauvèrent tous de leur propre fureur ; et sous peu de jours, ces deux familles n'en firent plus qu'une : tant le discours du proscrit avait influé sur leur âme et éclairé leur esprit ! L'ambition s'était déjà emparée de son âme, et lui avait suggéré le projet de revenir dans le centre de sa famille ; et bientôt son esprit et ses lumières le rendirent cher à ce peuple innocent.

La Religion, qui a toujours été la base de la discorde, de l'élévation des uns et de l'abaissement des autres, naquit de leurs erreurs : celle d'un Dieu juste et d'un Être bienfaisant ne fut point suivie. Les hommes en abandonnant le culte de la Nature, perdirent le vrai bonheur. Le pouvaient-ils conserver en s'agradissant ? Comparez la concorde et la confiance des habitants des hameaux avec ceux des capitales. Dans ces bonnes gens, il n'y a qu'un même esprit, qu'un même cœur. Dans les grandes villes, ce sont des républiques d'inconnus : chacun a un esprit différent, une ambition démesurée. Paris est un gouffre de vices, où se réunissent cependant de grandes vertus et les premiers talents ; mais ce mélange ne peut produire ce calme heureux des hameaux et des premiers hommes. Tout n'était alors qu'humanité et vertus.

Je plains celui qui commença à exiger de ses égaux soumission et respect. Ce fut, il me semble, un ambitieux, et je fais remonter cette ambition à un proscrit du sein de sa famille. Il avait étudié le cours des astres et la révolution du soleil ; il sentait l'avantage qu'il croit sur ses frères, et n'eut point de peine à leur persuader qu'il en était l'interprète. Bientôt il fut considéré comme un prophète inspiré par le ciel.

Les rebelles qui l'avaient fui, furent bientôt rappelés par ses préceptes, qu'il disait tenir de l'astre adoré : ils ne tendaient tous qu'à répandre la bienfaisance sur l'humanité. Il pardonnait aisément les fautes de l'amour, qui avaient fait sa disgrâce et son élévation.

Il faut convenir que l'amour et la Religion ont produit de grandes révolutions. Il semble que les hommes ne peuvent se guider que par ces deux penchants. Le premier ambitieux observa et reconnut cette vérité ; mais il était encore près du système de la nature. Il sentait que les hommes n'étaient pas nés pour être esclaves des hommes : il les traita comme il aurait voulu être traité lui-même. Mais ses préceptes avaient fait de terribles progrès. Sa grandeur et son mérite firent des enthousiastes qui devinrent après lui de grands législateurs du culte du soleil. Cette secte s'agrandit avec le monde, et les prêtres de sa loi devinrent absolus dans les premiers temps.

Tel qu'on a vu les Jésuites, dans toutes les contrées et d'un pôle à l'autre, subjuguer l'opinion, la raison de tous les hommes, renverser des royaumes, fonder des établissements, régner en despotes sur le cœur et les esprits, bouleverser à leur gré l'Univers entier, pour satisfaire à leur ambition effrénée : voilà à peu près comme je suppose que les premiers ministres du soleil se conduisirent avec les hommes crédules et les cœurs simples. Il s'élève dans la société de nos jours, non des fanatiques de religion, mais des enthousiastes de liberté, qui, sans envisager le danger d'une anarchie effroyable dans le siècle de l'égoïsme, se précipiteraient les premiers dans le gouffre qu'ils ont entr'ouvert à la patrie : ils colorent le ciel de leurs écrits par le vernis du style ; ils déguisent leurs seuls intérêts sous l'apparence du bien public ; ils menacent les citoyens d'un horrible esclavage, s'ils ne secouent le joug. L'homme est si faible quand il est malheureux, qu'il devient terrible quand il s'irrite sur ses maux ; et c'est toujours dans ces circonstances désastreuses, où les frondeurs se font des partis que la sagesse et la douceur peuvent seules détruire. Qu'on livre un mauvais ouvrage aux mains du bourreau, il prend dès ce moment plus de consistance. Il faut faire parler les lois, je le sais ; mais il y a des moments où il faut savoir les faire taire. Convaincre les esprits mal intentionnés par des principes opposés aux leurs, et salutaires au bien public, c'est forcer leurs auteurs à rentrer dans les bornes de la prudence. L'écrivain qui fait circuler des écrits ténébreux, est toujours un homme qui ne peut supporter le grand jour. Mais aujourd'hui que les citoyens ont la liberté de la presse, il faut être ennemi du genre humain, pour fronder impitoyablement cette liberté dans un moment de calamité.

Avant que ces prêtres du soleil fussent d'accord, et que leurs oracles eussent pris quelque vraisemblance, que de peines, que de tourments les premiers d'entre eux ne se donnèrent-ils pas pour imposer le joug aux autres hommes ! Il fallait avoir quelque supériorité, de même que leur prophète. L'ambition les dominait ; mais ils n'avaient point acquis cette hypocrisie devenue le masque de la plupart des hommes ; et cette hypocrisie, fille du tourment et de l'ambition, qui passa bientôt dans le cœur de l'homme, est devenue la perte du genre humain. L'égalité, à cette époque, commença sans doute à perdre le charme de cette douce concorde. Les prêtres devinrent tout-puissants, et des espèces de souverains, qui sans donner des lois, régnaient entièrement sur l'esprit de leurs frères : ils excitaient le murmure dans les familles, la révolte parmi les enfants, et le désordre dans la société. L'amitié, la nature, l'amour filial ne servaient plus l'humanité, et l'humanité devint souffrante. La supériorité s'introduisit, et le vrai bonheur du genre humain acheva de disparaître. Efforts superflus, regrets inutiles ! Les plus sages rougissaient intérieurement de leurs faiblesses, et les plus forts dominaient les plus faibles. L'hypocrisie prit la physionomie de la décence, de la piété, de la privation ; les hommes, qui s'étaient agrandis et dispersés sur la terre, formaient des républiques, dont le salut dépendait des prêtres qui adoraient le soleil ; les peuples étaient soumis et esclaves d'un pouvoir tyrannique : mais à proportion que les hommes s'instruisaient, l'astronomie leur apprit les mouvements des astres. Alors on forma de nouvelles sectes de religions ; elles devinrent si bizarres, que les hommes s'égorgeaient sans cesse pour leurs différentes opinions. Le vrai Dieu, sans doute, envoya la bonne sur la terre ; mais que de maux n'a-telle pas produits ! La fureur des Catholiques et des Protestans ne sera-t-elle pas toujours un tableau effrayant à la race future ! Dieu ne voulait que la paix : on lui offrait partout la guerre. C'était avec le glaive du fanatisme qu'on égorgeait indistinctement le grand, le riche, le pauvre, l'innocent, et l'orphelin :

mais avant ces deux Religions, celle qui avait précédé, avait formé des chefs de parti. Les vaincus couronnèrent les vainqueurs ; les hommes se donnèrent des maîtres, et furent réduits à une servitude éternelle. Ô malheur des grands et des inférieurs, qui a détruit cette égalité fraternelle ! connaissez les maux que cette supériorité et cette servitude ont produits. Les fortunes sont divisées ; elles ont été la proie des plus forts et des plus adroits. Ceux qui n'avaient pas l'émulation en partage, tombèrent dans la plus profonde indigence : il fallut servir les riches et les grands. Cette servitude entretenait l'émulation dans cette classe d'hommes infortunés ; et sans les regrets d'avoir perdu l'égalité primitive, qui assiégeaient sans cesse, ces serviteurs, ils auraient été plus heureux que leurs maîtres. L'ambition ne les dominait point ; l'envie de s'égorger, pour posséder le rang et la dépouille de leurs voisins, ne tourmentait point leur âme paisible, tandis que celle du maître était rongée d'inquiétude et de désirs effrénés : ils s'étaient conformés philosophiquement à leur sort. Au bout de quelques siècles, l'ignorance qu'on avait soin d'entretenir dans cette classe d'hommes, leur fit oublier l'égalité de leur origine, et en fit de fidèles serviteurs ; mais depuis que les valets se sont instruits et ne doutent plus de rien, que de scélérats, que de mauvais sujets cette instruction n'a-t-elle pas produits dans cette classe d'hommes ! que de maîtres ont été assassinés par leurs gens ! que de voleurs la servitude a produits ! que de bras nerveux et forts n'a-t-elle point arrachés à la terre ! et les maîtres actuellement sont mal servis, tant le nombre de valets est devenu considérable ! Il faut cependant observer que la sagesse du gouvernement n'a point encore porté ses yeux sur cet objet ; et que si elle veut l'approfondir, elle en reconnaîtra des inconvénients très dangereux. Il faut encore reconnaître que les seigneurs, les riches n'habitent point assez la campagne ; que ce n'est pas sur leurs vassaux qu'ils répandent leurs bienfaits. Jamais ils n'ont cherché à rendre l'existence des paysans heureuse et paisible. C'est cependant des laboureurs, de qui les mains laborieuses font sortir tous les trésors de la terre, et toutes les jouissances des grands et des riches. Quelles âmes bienfaisantes adoucissent la rigueur de leur sort ! quel cœur généreux vient les secourir dans leurs infirmités, qui n'ont été souvent produites que par l'excès des peines et des travaux ! Ils nourrissent les hommes, et manquent eux-mêmes de pain. Le villageois instruit, dès qu'il se connaît, abandonne le labour et le lieu de sa naissance. Élevé au travail dès son enfance, il va chercher l'état de paresseux dans la capitale. C'est le noble emploi de laquais ou de crocheteur qu'il adopte. Il regrette, quand il n'en est plus temps, sa chaumière, lorsque son esprit et son corps sont énervés de débauches. La crainte de la milice le chasse de ses paisibles foyers ; et c'est dans le sein des villes qu'il va chercher une fin cruelle.

Si Paris est composé d'un million d'habitants, il y en a au moins un tiers qui sont domestiques. Le quart au plus est occupé ; et le reste sont des hommes oisifs, des femmes débauchées, et qui contribuent pour beaucoup à la perte totale d'un tiers des citoyens de la capitale. Les campagnes sont abandonnées ; les villes sont trop habitées ; le plus grand nombre des hommes néglige les choses essentielles, pour s'occuper de découvertes inutiles à l'humanité. Le luxe, né des arts agréables, enfants de la mollesse, a entraîné la dépravation des peuples les plus policés. Le petit veut s'égaler au grand ; le grand s'en amuse, et le petit se ruine. Un ouvrier qui aura gagné une fortune honnête, aura la sottise de ne point élever ses enfants dans le métier que lui auront donné ses pères : c'est dans un collège ou dans une pension qu'on trouve, à côté d'un marquis, d'un comte, le fils d'un tailleur, d'un cordonnier, d'un menuisier. Tous ces jeunes gens réussissent-ils ? Non... Les réserves que leurs pères ont épuisées pour fournir à leur éducation, n'ont servi qu'à les rendre de mauvais sujets : excepté ceux qui sont doués d'un mérite transcendant, tout le reste est montré au doigt. Quelquefois le fils d'un cordonnier peut devenir un grand Homme et très utile à la patrie ; mais la plupart n'ont que l'esprit de leur père, sans avoir celui de leur métier. Propres à rien, ils ne font jamais rien. Cette éducation déplacée ne fait qu'arracher des hommes à leur véritable vocation ; et si cela continue à l'avenir, on ne trouvera point d'ouvriers. Aussi combien la main-d'œuvre est devenue exorbitante !

Je voudrais que tous les hommes de tous les rangs et de toutes les classes, fussent élevés dans la profession et l'état de leur père. Un brave militaire ne pourrait que former de bons soldats ; un intègre magistrat, de bons juges : souvent ce dernier arrache du sein de Thémis des membres éclairés, pour envoyer aux champs de Mars des sujets qui n'ont point acquis en naissant l'art de la guerre et des combats.

Je pense que le sang et la sympathie influent pour beaucoup dans l'émulation des hommes. À force de vouloir varier et dénaturer les hommes, on ne fera plus rien. Ah ! qu'on se rapproche un peu plus de la nature, et les hommes seront ce qu'ils doivent être. Je sais combien mes opinions et la bizarrerie de cet ouvrage vont m'attirer de critiques. Je les attends sans les craindre.

Plusieurs essayeront de me prouver que c'est un paradoxe de vouloir démontrer que l'instruction est nuisible à la plupart des hommes. Oui, sans doute, je l'assure ; et je prouve que les sciences générales ont affaibli l'espèce humaine. L'homme de génie apprend presque tout d'un coup d'œil, et devine le reste.

On ne devrait instruire les jeunes gens que quand ils commencent à développer leurs connaissances, leurs goûts, et leurs penchants : ceux qui seraient nés pour faire de grands hommes, le deviendraient sans fatiguer leurs organes ni leurs instituteurs.

J'ose croire que dans tous les temps, les hommes se sont perdus, quand ils se sont trop écartés de la Nature. Cette mère, essentielle dépositaire de tout ce qu'on a découvert, se tait lorsqu'elle n'a plus rien à indiquer aux hommes ; mais ils ne sont ni assez sages, ni assez essentiels pour s'arrêter lorsqu'elle ne parle plus. Ils s'écartent ; que dis-je, s'écarter ? ils s'égarent ! que dis-je, s'égarer ? ils se contrarient, ils se disputent, ils ne s'entendent plus ! Ils veulent tout asservir, et tout est sur un équilibre épouvantable. Le vrai génie n'a plus la préférence, soit qu'il n'existe plus, ou qu'il soit découragé. On ne lit plus de ces chefs-d'œuvre qui élevaient l'âme et l'esprit, et qui rendaient les Français toujours redoutables à l'ennemi et toujours aimables. Le luxe et l'orgueil ont pris la place du génie et de la loyauté ; et ce luxe déréglé a entraîné la perte des Français ; tels qu'on a vu les Assyriens, les Grecs et les Romains perdre leur force, leur courage et leur génie, quand la mollesse est venue pervertir leurs bonnes mœurs.

Les arts, je le sais, enrichissent un royaume ; mais quand on les pousse au dernier degré, ils portent indubitablement avec eux le luxe ; celui-ci, la mollesse, et ainsi le luxe a détruit toutes les nations. J'en appelle aux Sages, à qui je soumets mes rêveries.

Chapitre quatrième

De la scélératesse de l'homme

Les hommes étant parvenus à fonder des États et des Gouvernements sur toute la surface de la terre, le Despotisme, la Monarchie, l'Aristocratie et la Démocratie fixèrent l'autorité dans tout l'Univers. De ces différents gouvernements, lequel a été le plus heureux pour les peuples ? Il me semble que c'est la monarchie : c'est encore l'État le plus paisible pour les hommes. Voyez les tyrannies perpétuelles des républicains ; les citoyens ont mille tyrans pour maître : les prétentions des premières places les portent à se dévorer, à se persécuter continuellement. Voyez leur histoire, ainsi que celle de l'Angleterre, dont l'aristocratie rend les parlements et le peuple si fiers ; voyez l'histoire effrayante de leurs révolutions ; voyez leurs partis divers, leurs agitations, et leurs émeutes cruelles. Depuis quand l'Angleterre est-elle devenue plus calme ? C'est depuis qu'elle s'est rapprochée de la monarchie. Mais comme les hommes ne sont jamais contents de leur situation, depuis qu'ils ont perdu leur bonheur primitif, ils se sont lassés de tout, même de l'État monarchique. Les despotes ont été souvent assassinés par leurs esclaves, par leurs frères, ou par leurs fils. L'ambition n'a pas moins conduit les Européens à cette même scélératesse ; elle en a fait des parricides et des fratricides. C'est toujours sous la pourpre et le dais que les grand crimes ont pris naissance. Les rois ont été souvent plus malheureux que leurs sujets ; leur supériorité n'a servi qu'à les rendre les esclaves de leurs peuples. Ne pouvant pas tout faire par eux-mêmes, mal secondés et toujours trompés, ils ont été souvent la proie des méchants et des scélérats ; mais comme cette scélératesse n'a produit que le mal général, et que les mœurs policées ont adouci la férocité des hommes, que le plaisir de régner ne rend pas la vie plus douce, plus paisible, et plus longue, les fils de Roi, les frères sont devenus plus philosophes qu'ambitieux et ils ont rendu à la Nature tout ce qu'ils lui devaient. Jamais les hommes n'ont eu les lumières plus étendues, les mœurs plus douces et plus analogues avec le parfait bonheur. Si, sortis de l'ignorance, ils pouvaient être justes ; s'ils voulaient s'entendre et s'accorder ; s'ils voulaient fixer à chaque rang, à chaque État les limites de leurs devoirs ; s'ils voulaient concourir tous ensemble bien de la patrie et de l'État, être égaux dans les grandes crises, n'avoir qu'une même voix, qu'un même cœur, et qu'une seule âme pour le bien de la patrie : passé ce moment de crise, rentrer chacun dans sa sphère, accorder ses intérêts à ses moyens ; voilà comme il me semble que les hommes policés devraient penser et agir. Mais malheureusement on a des opinions et des systèmes bien différents de ceux qui devraient être la base d'une bonne constitution, telle que celle de France. Les grands devraient donner l'exemple au reste des citoyens, d'une ardeur patriotique : tels qu'on a vu, dans les fameuses batailles, les Duguesclin, les Bayard, les Condé, les Turenne se battre tous indistinctement parmi leurs soldats ; tous combattre à la fois en braves guerriers pour emporter la victoire, et soutenir la gloire de leur pays et de leur Roi. L'égalité des conditions alors se serait introduite dans leur auguste assemblée. Dans ce temps, un général était un simple soldat sur le Champ-de-Mars ; un premier prince, un bon citoyen et protecteur du peuple, comme on voit ceux de nos jours. Mais dans ce moment, un esprit de discorde, qui se répand dans la Société, semble altérer ces heureuses dispositions ; mais le parti le plus prompt et le plus sage qui reste à prendre au souverain, est celui de semer l'oreille à toutes ces vaines clameurs. Que le roi prononce et ordonne, comme le premier chef de son royaume, à la Nation de s'assembler ainsi qu'il le jugera convenable, pour le salut de son État et pour le bien de ses sujets ; s'il donne le temps aux Nobles et au Tiers État d'élever des contestations, jamais on ne recueillera de la Nation le fruit qu'on attend de sa sagesse et de ses lumières : l'esprit de parti s'élevera, et la discorde achèvera de diviser les cœurs les plus unis et les esprits les plus paisibles. Les mauvais citoyens qui tendent à un état d'égalité, qui entrevoient l'indépendance comme un parfait bonheur, sont loin d'examiner tout le sang qui coulerait avant de l'obtenir ; ils excitent la tempête, et la foudre est prête à les écraser. Cette même indépendance serait la source du renversement du royaume et la terreur de la patrie. Plus de roi, plus de princes, plus d'intègres magistrats qui défendront les citoyens persécutés, et qui soulageront leurs misères. Une ambition égale vous dévorera ; vous voudrez régner tous en même temps, et vous vous perdrez tous à la fois. Que produira-t-elle cette indépendance que semble nous annoncer cet esprit de parti et de révolte ? Une liberté paisible, où l'instruction a conduit les hommes, dit-on. Voilà le raisonnement des insensés. Ils ajoutent que l'Univers instruit ne veut plus de maître ; que l'homme est trop éclairé pour être subordonné. Où vont le conduire ses affreuses lumières ? Est-ce pour l'approcher du bonheur primitif et de cette simplicité égale ? Qu'il examine par degré jusqu'à l'époque où il est monté ; il verra s'il pourra descendre de cette élévation, pour aller labourer son coin de terre, pour servir son voisin quand il sera malade ou infirme. Quel est le plus petit bourgeois, qui a de quoi se faire servir, qui renoncera sans frémir à sa supériorité ? Mais on me dira : nous sommes loin de vouloir rentrer dans l'enfance de l'homme, et de nous laisser entraîner par l'appât de cette chimère fabuleuse de son bonheur primitif : nous voulons être égaux ; mais avec supériorité, diront les plus riches et les réformateurs des lois. Mais ceux que vous prétendez subordonner qui, à votre exemple, ont fait l'esprit de la révolte et de l'indépendance ; devenus libres comme vous, instruits et éclairés, commenceront par vous dire : « Partage avec moi ce que tu n'as pas droit de garder, puisque j'ai défendu tes intérêts comme les miens propres. » Voilà quel sera le résultat de cette instruction générale, de ces connaissances profondes, dont tous les hommes sont si fiers aujourd'hui. En vain le parti de la mollesse voudra établir des maximes et créer de nouveaux gouvernements. Les plus forts et les plus robustes s'y opposeront sans cesse, ne doutant de rien, et voyant un chemin frayé pour tout se permettre. Les classes les plus inférieures deviendront les premières, et feront la loi à toutes les autres. Ces frondeurs assurent que tout l'Univers tend au même but d'égalité. Quel présage sinistre pour la postérité !

Ce n'était pas assez des guerres intestines, de la rivalité des Rois, et de leurs prétentions ridicules qui les porte à usurper sans cesse des ports ou des provinces. Le genre humain veut donc se détruire, et faire de la race future, la boucherie du monde. Riches, sans asile ; savants, sans émulation ; grands, sans pouvoirs ; médiocres, sans force ; pauvres, sans secours ; tous dévorés par la soif de se subordonner, tous périraient dans une anarchie épouvantable et dans une affreuse égalité.

Ô Tiers État, que faites-vous ? Est-ce ainsi que vous répondez aux bontés du plus juste des rois ? C'est à vous directement que je m'adresse. Mes écrits ne peuvent vous cacher que je vous suis toute dévouée. Vous ne tendez qu'au bien de votre pays, et votre emportement va perdre la patrie. Le roi vous accorde tout ; les grands ont réfléchi et vous devez à votre tour montrer l'exemple de la sagesse et de la modestie.

Chapitre cinquième

De l'espérance

Les hommes sont parvenus à une sage indépendance ; les mœurs sont policées ; les maximes des gouvernements sont moins sévères et plus traitables ; l'homme est actuellement à l'époque de son véritable bonheur. S'il voulait le conserver, quel royaume serait plus florissant que celui de France, à l'avenir ? Instruit par l'expérience ; éclairé par la Nation assemblée, il reprendrait bientôt son éclat et sa véritable constitution. L'étayer cependant de nouveaux principes, rendre les campagnes plus fécondes et plus habitées, mettre des limites aux agrandissements des villes ; voilà déjà, il me semble, un aperçu utile.

Tous les Français sont d'accord sur la nécessité d'assembler la Nation, pour reconnaître d'où part le vice et en tarir la source. Toutes leurs espérances sont fondées sur sa bonne administration. Tout bon citoyen fait des vœux pour voir prendre à son pays une nouvelle forme ; les plus sages assurent que le gouvernement doit faire de grands changements. Corriger plusieurs abus, détruire entièrement l'excès du luxe, abolir un nombre infini de jeux publics, et créer des amusements qui élèvent l'âme des Français, épurent le courage ; balayer les rues de Paris des filles publiques, les éloigner des jardins royaux, et les tenir dans des quartiers où la police sera faite à l'insu des femmes honnêtes, des filles de marchands, qui sont tous les jours spectatrices du débordement de ces viles créatures et de leur affreuse situation ; donner à la vertu des marques distinctives. Les femmes, par exemple, quoique je sois intéressée dans la proposition, ne devraient-elles pas recevoir quelques marques d'encouragement, quand le mérite et l'honneur élèvent leur sexe ? Les femmes ne forment-elles pas la moitié de la société ? Et malheureusement leur peu d'émulation contribue à la perte de l'autre moitié. C'est ce que je démontre dans mon *Prince philosophe,* qui va paraître incessamment. Quelque réforme qu'on puisse faire dans le royaume, les Français ont besoin de dissipation. Tous les peuples, et même les plus sauvages, ont tous cherché l'amusement ; mais les plus nobles et les plus épurés sont ceux qui ont duré le plus longtemps : tels qu'on a vu les jeux des fameux tournois, en Europe ; les bons théâtres des Grecs, qui sont encore les délices de nos jours. Mais le goût est perdu ; et il faut une révolution, pour rendre aux Français leur véritable caractère. Conserver les arts, et réprimer l'excès du luxe ; abolir impitoyablement la moitié des spectacles, en élever un qui puisse épurer les mœurs, faire disparaître le préjugé, et devenir la source d'une noble émulation et l'utilité de la société. Ce nouveau théâtre doit être accordé, par préférence, aux auteurs. Pourquoi le génie est-il si mal récompensé ? Pourquoi des Comédiens font-ils la loi à des hommes de mérite ? Un auteur estimable à peine pourra-t-il subsister du misérable produit qu'il retire de ses pièces ; tandis qu'un acteur, sans talents et sans conduite, jouira de vingt à trente mille livres de rentes. Pourquoi les Comédiens se sont-ils rendus propriétaires d'un bien qui ne leur appartient pas ? Quels droits affreux ne se sont-ils pas arrogés ? Ils sont parvenus à rendre le mérite rampant et soumis à leur orgueil. L'auteur qui sollicite quelques faveurs d'eux, ne peut les obtenir qu'à force de bassesses et de contrainte. Il en gémit souvent dans le fond de son âme ; mais subjugué par la gloire, il l'achète quelquefois aux dépens de l'honneur ; et l'écrivain qui a le malheur de ne pas savoir fléchir l'orgueil et l'impudence des comédiens, est un auteur proscrit, de quelque mérite, de quelque sexe qu'il puisse être. Nous touchons au moment où tout doit prendre une forme nouvelle. C'est à la Nation assemblée à qui je soumets la cause de tous mes confrères. Il y a longtemps que l'on demande un second théâtre français pour la capitale. C'est au roi, au gouvernement, aux États généraux qu'il convient de le proposer : ils doivent en réformer d'inutiles, et créer celui qui manque à la Nation. Je voudrais que ce spectacle eût pour titre *Le Théâtre national,* ou *celui des femmes.* Si le roi et l'État approuvent mon plan, cette époque du règne de Louis XVI sera à jamais mémorable dans l'Histoire. L'on assure que mon projet ne peut être rejeté, et qu'il obtiendra l'âme du monarque et la bienveillance des ministres. J'ai mérité peut-être l'un et l'autre, en sacrifiant mes intérêts, en augmentant les ressources de l'État et de mon pays ; et je me suis à jamais fermé la porte de tous les théâtres. Les Comédiens-Français ont conspiré même de nouveau contre le drame qu'ils ont reçu de moi depuis cinq ans, sans s'informer si ma position me permet de supporter impunément leurs injustices.

Oui, citoyens ; n'ayant pas de fortune, j'ai entrepris de m'en procurer une par une, noble émulation, et d'engager mon sexe à se distinguer, de même que les hommes, par une industrie honorable. Un grand nombre de femmes bien nées sont perdues, parce que les hommes, qui se sont emparés de tout, ont privé les femmes de s'élever, et de se procurer des ressources utiles et durables. Pourquoi donc, mon sexe ne serait-il pas un jour sauvé d'une foule d'inconséquences, auxquelles l'expose son peu d'émulation ? De tous les temps, les femmes ont écrit ; elles ont eu le droit d'entrer en lice avec les hommes, dans la carrière dramatique. Mais il faudrait leur donner une preuve d'un plus grand encouragement ; et voici mon plan.

[...].

Le Cri du sage, par une femme

(Mai 1789)

Il est temps d'élever la voix ; le bon sens, la sagesse ne sauraient plus observer le silence ; il est temps de dire définitivement à la Nation, que si elle ne se décide pas promptement à ne faire qu'un travail, elle entraîne sous peu la chute du royaume, qu'elle ôtera à jamais la confiance, et le mal deviendra incurable.

Les anciens Français ne péchaient que par trop d'ignorance ; les modernes gâtent tout pour avoir trop acquis.

À force d'idées et de lumières, ils se trouvent aujourd'hui dans une confusion épouvantable.

La patrie qui attend avec impatience son salut de leur sagesse et de leur entreprise voit déjà avec peine qu'ils ne s'entendent pas et qu'ils touchent au fatal moment de devenir la fable de l'Europe.

Oui, Messieurs, votre discorde va non seulement jeter le feu dans les quatre coins de la France, mais soulever nos ennemis, les encourager contre nous, et nous perdre par votre faute ; puissiez-vous lire avec attention la *Lettre au peuple,* les *Remarques patriotiques* et surtout *Le Bonheur primitif de l'homme,* et parcourir les chapitres avec autant de rapidité que je suis arrivée au règne de Louis XVI, et vous rappeler que malgré cette précipitation, on peut s'arrêter et réfléchir sur quelques passages qui offrent des observations aussi utiles que salutaires.

Depuis longtemps j'observe les hommes ; j'ai été forcée de reconnaître que la plupart ont le cœur flétri, l'âme abjecte, l'esprit énervé et le génie malfaiteur.

Peut-on sans rougir se déclarer homme aujourd'hui et se croire supérieur à nos sages ancêtres, à ces nobles chevaliers français qui défendaient à la fois la patrie et les dames ?

Ô temps heureux considérés de nos jours comme des siècles fabuleux, puissiez-vous renaître parmi nous, redonner l'énergie qui manque aux Français, et les rendre encore une fois redoutables à tous les peuples !

Je veux examiner d'où part la source du vice, puis-je la reconnaître sans trahir à la fois mon sexe et mon caractère. L'effort est pénible ; et quoi qu'il puisse m'en coûter de dévoiler ce sexe qui s'est lui-même démasqué, je le trahirai dans ce moment pour le servir un jour.

Ô femmes ! Qu'avez-vous fait ? Qu'avez-vous produit ? Avez-vous pu croire qu'en vous jetant à la tête des hommes, vous conserveriez votre empire ; il est détruit, et vos grâces naturelles ont disparu avec cette noble pudeur qui rendait jadis les femmes si touchantes et si chères à leurs yeux.

Vous avez abandonné les rênes de vos maisons, vous avez éloigné vos enfants de vos seins maternels ; livrés dans les bras de serviteurs corrompus, ils ont appris à vous haïr, à vous mépriser.

Ô sexe, tout à la fois séduisant et perfide ! Ô sexe tout à la fois faible et tout-puissant ! Ô sexe à la fois trompeur et trompé ! Ô vous, qui avez égaré les hommes qui vous punissent aujourd'hui de cet égarement par le mépris qu'ils font de vos charmes, de vos attaques et de vos nouveaux efforts ! Quelle est actuellement votre consistance ? Les hommes se sont instruits par vous-mêmes, de vos travers, de vos détours, de vos ruses, de vos inconséquences ; et ils sont enfin à leur tour devenus femmes.

Peut-on voir sans pitié la suffisance de nos jeunes gens, la légèreté de nos vieillards sur des objets majeurs, et l'extravagance des hommes d'un âge raisonnable, sans se récrier contre le siècle et contre les mœurs.

On parle encore de vertus et de patriotisme ; si l'un ou l'autre existaient véritablement, ils se seraient déjà fait sentir aux États généraux ; tous les cahiers seraient confondus, et les trois ordres ensemble ne pourraient dans cette réunion qu'opiner pour le bien public.

Mais si l'esprit de parti vient à l'emporter dans cette assemblée sur la bienséance, la raison et la justice, ces États généraux qu'on a désiré depuis si longtemps, ne sont donc réunis que pour semer la discorde.

Je l'ai prédit ; puisse cette prédiction se détourner et me faire voir que je fus mauvais prophète ; mais en même temps, j'obtiendrai le titre de bonne citoyenne.

Vous devez, Messieurs, rassurer ce public impatient.

Qui peut ramener le calme si ce n'est votre union ? qui peut enfin établir la confiance, faire refleurir le commerce, si ce n'est l'harmonie dans vos assemblées ; pour vous accorder, il faut fronder vos prétentions particulières, convaincre le Tiers État qu'il n'a pas le droit lui seul de créer de nouvelles lois, et représenter au clergé qu'il doit se dépouiller dans ce moment du faste de ses dignités et de la majeure partie de ses prérogatives.

Persuadez à la noblesse, que c'est une injustice, une vexation criante, de refuser de siéger avec le Tiers État, comme s'il y avait entre ces deux ordres des barrières invincibles.

Il n'y a pas de jour qu'un noble sans fortune ne sollicite la main d'une demoiselle du Tiers État. Il n'y a pas de demoiselle d'un sang illustre qui n'ait mêlé ce sang avec celui du Tiers État ; et dans ce moment de détresse, dans un temps de calamité, vous craignez, Messieurs, de mêler vos idées avec celles des hommes qui vous valent peut-être.

Que l'honneur vous parle, que le bien de la patrie vous guide ; et sans perdre vos titres et vos dignités, vous n'en serez pas moins l'ami de vos frères, leurs supérieurs en modestie puisque vous renoncerez dans un moment d'union à votre rang, à ces droits que le rang vous donne et qui doivent être sacrés dans toute autre circonstance, mais qui sont injustes et déplacés dans cette révolution.

Voilà, Messieurs, ce qu'il était important d'observer aux trois ordres.

J'ose me flatter que ces observations ne sauraient vous déplaire en faveur du motif qui me les a inspirées.

Je vois que l'alarme regagne les esprits, que la confiance achève de se perdre chaque jour, et que tout devient désespérant.

Espérons cependant qu'une crise favorable va se faire avant peu dans les États généraux : je n'ai pu m'en défendre ; la crainte que j'ai que la Nation va se perdre et entraîner celle de ma patrie, m'a transportée au-dessus de moi-même. Je m'écrie, je m'élance, et mon zèle perce à travers le préjugé.

On peut exclure les femmes de toutes les Assemblées nationales, mais mon génie bienfaisant me porte au milieu de cette Assemblée, il lui dira avec fermeté que l'honneur même des premiers gentilhommes français fut fondé sur le bien de la patrie, et qu'il s'écarte de ces nobles principes en s'éloignant du sein du reste de la Nation.

Si l'amour-propre l'emporte sur la raison, sans doute, Messieurs, vous allez condamner cet écrit ; mais l'auteur a une trop grande idée de vos nobles procédés, pour ne pas espérer que vos véritables sentiments l'emporteront sur cet amour-propre, et si dans cette circonstance il a employé le ton impératif de son sexe, c'est qu'il a senti qu'aux grands maux, il fallait apposer les grands remèdes. Et en vous assurant en même temps que si son zèle patriotique l'a porté trop loin, le respect l'estime qui vous sont dus, Messieurs, le ramènent à ses véritables principes, et lui font reconnaître que la modestie doit être le fond de son caractère.

Un des deux partis doit céder ; vraisemblablement, celui du clergé suivra l'impulsion de celui de la noblesse.

Est-ce au Tiers État qu'il convient d'abandonner le sien ? Est-ce à la noblesse de se départir de ses préjugés ; ces préjugés ne sont-ils pas leurs droits et ces droits ne sont-ils pas la gloire et le soutien de la monarchie française ?

On ne peut se dissimuler que les cahiers du troisième ordre ont dû révolter la noblesse, mais enfin, on peut tout ramener à la bienséance ; et celui qui cédera, de la noblesse ou du Tiers État, sera toujours le parti patriotique à qui la France devra son salut.

DÉCLARATION DES DROITS DE LA FEMME ET DE LA CITOYENNE

(14 septembre 1791)

À La Reine

Madame,

Peu faite au langage que l'on tient aux rois, je n'emploierai point l'adulation des courtisans pour vous faire hommage de cette singulière production. Mon but, Madame, est de vous parler franchement ; je n'ai pas attendu, pour m'exprimer ainsi, l'époque de la liberté : je me suis montrée avec la même énergie dans un temps où l'aveuglement des despotes punissait une si noble audace.

Lorsque tout l'Empire vous accusait et vous rendait responsable de ses calamités, moi seule, dans un temps de trouble et d'orage, j'ai eu la force de prendre votre défense. Je n'ai jamais pu me persuader qu'une princesse, élevée au sein des grandeurs, eût tous les vices de la bassesse.

Oui, Madame, lorsque j'ai vu le glaive levé sur vous, j'ai jeté mes observations entre ce glaive et la victime ; mais aujourd'hui que je vois qu'on observe de près la foule de mutins soudoyée, et qu'elle est retenue par la crainte des lois, je vous dirai, Madame, ce que je ne vous aurais pas dit alors.

Si l'étranger porte le fer en France, vous n'êtes plus à mes yeux cette reine faussement inculpée, cette reine intéressante, mais une implacable ennemie des Français. Ah ! Madame, songez que vous êtes mère et épouse ; employez tout votre crédit pour le retour des princes. Ce crédit, si sagement appliqué, raffermit la couronne du père, la conserve au fils, et vous réconcilie l'amour des Français. Cette digne négociation est le vrai devoir d'une reine. L'intrigue, la cabale, les projets sanguinaires précipiteraient votre chute, si l'on pouvait vous soupçonner capable de semblables desseins.

Qu'un plus noble emploi, Madame, vous caractérise, excite votre ambition, et fixe vos regards. Il n'appartient qu'à celle que le hasard a élevée à une place éminente, de donner du poids à l'essor des droits de la femme, et d'en accélérer les succès. Si vous étiez moins instruite, Madame, je pourrais craindre que vos intérêts particuliers ne l'emportassent sur ceux de votre sexe. Vous aimez la gloire : songez, Madame, que les plus grands crimes s'immortalisent comme les plus grandes vertus ; mais quelle différence de célébrité dans les fastes de l'histoire ! l'une est sans cesse prise pour exemple, et l'autre est éternellement l'exécration du genre humain.

On ne vous fera jamais un crime de travailler à la restauration des mœurs, à donner à votre sexe toute la consistance dont il est susceptible. Cet ouvrage n'est pas le travail d'un jour, malheureusement pour le nouveau régime. Cette révolution ne s'opérera que quand toutes les femmes seront pénétrées de leur déplorable sort, et des droits qu'elles ont perdus dans la société. Soutenez, Madame, une si belle cause ; défendez ce sexe malheureux, et vous aurez bientôt pour vous une moitié du royaume, et le tiers au moins de l'autre.

Voilà, Madame, voilà par quels exploits vous devez vous signaler et employer votre crédit. Croyez-moi, Madame, notre vie est bien peu de chose, surtout pour une Reine, quand cette vie n'est pas embellie par l'amour des peuples, et par les charmes éternels de la bienfaisance.

S'il est vrai que des Français arment contre leur Patrie toutes les puissances ; pourquoi ? pour de frivoles prérogatives, pour des chimères. Croyez, Madame, si j'en juge par ce que je sens, le parti monarchique se détruira de lui-même, qu'il abandonnera tous les tyrans, et tous les cœurs se rallieront autour de la Patrie pour la défendre.

Voilà, Madame, voilà quels sont mes principes. En vous parlant de ma patrie, je perds de vue le but de cette dédicace. C'est ainsi que tout bon citoyen sacrifie sa gloire, ses intérêts, quand il n'a pour objet que ceux de son pays.

Je suis avec le plus profond respect, Madame, votre très humble et très obéissante servante,

LES DROITS DE LA FEMME

Homme, es-tu capable d'être juste ? C'est une femme qui t'en fait la question ; tu ne lui ôteras pas du moins ce droit. Dis-moi ? qui t'a donné le souverain empire d'opprimer mon sexe ? ta force ? tes talents ? Observe le créateur dans sa sagesse ; parcours la nature dans toute sa grandeur, dont tu sembles vouloir te rapprocher, et donne-moi, si tu l'oses, l'exemple de cet empire tyrannique[1].

Remonte aux animaux, consulte les éléments, étudie les végétaux, jette enfin un coup d'œil sur toutes les modifications de la matière organisée ; et rends-toi à l'évidence quand je t'en offre les moyens ; cherche, fouille et distingue, si tu le peux, les sexes dans l'administration de la nature. Partout tu les trouveras confondus, partout ils coopèrent avec un ensemble harmonieux à ce chef-d'œuvre immortel.

L'homme seul s'est fagoté un principe de cette exception. Bizarre, aveugle, boursouflé de sciences et dégénéré, dans ce siècle de lumières et de sagacité, dans l'ignorance la plus crasse, il veut commander en despote sur un sexe qui a reçu toutes les facultés intellectuelles ; il prétend jouir de la Révolution, et réclamer ses droits à l'égalité, pour ne rien dire de plus.

DÉCLARATION DES DROITS DE LA FEMME ET DE LA CITOYENNE

À décréter par l'Assemblée nationale dans ses dernières séances ou dans celle de la prochaine législature.

Préambule

Les mères, les filles, les sœurs, représentantes de la nation, demandent d'être constituées en Assemblée nationale. Considérant que l'ignorance, l'oubli ou le mépris des droits

1. De Paris au Pérou, du Japon jusqu'à Rome, le plus sot animal, à mon avis, c'est l'homme, (note d'Olympe de Gouges).

de la femme sont les seules causes des malheurs publics et de la corruption des gouvernements, [elles] ont résolu d'exposer dans une déclaration solennelle, les droits naturels, inaliénables et sacrés de la femme, afin que cette déclaration constamment présente à tous les membres du corps social, leur rappelle sans cesse leurs droits et leurs devoirs, afin que les actes du pouvoir des femmes, et ceux du pouvoir des hommes pouvant être à chaque instant comparés avec le but de toute institution politique, en soient plus respectés, afin que les réclamations des citoyennes, fondées désormais sur des principes simples et incontestables, tournent toujours au maintien de la Constitution, des bonnes mœurs, et au bonheur de tous.

En conséquence, le sexe supérieur en beauté comme en courage dans les souffrances maternelles, reconnaît et déclare, en présence et sous les auspices de l'Être suprême, les Droits suivants de la femme et de la citoyenne.

Article premier

La femme naît libre et demeure égale à l'homme en droits. Les distinctions sociales ne peuvent être fondées que sur l'utilité commune.

II

Le but de toute association politique est la conservation des droits naturels et imprescriptibles de la femme et de l'homme : ces droits sont la liberté, la propriété, la sûreté, et surtout la résistance à l'oppression.

III

Le principe de toute souveraineté réside essentiellement dans la nation, qui n'est que la réunion de la femme et de l'homme : nul corps, nul individu, ne peut exercer d'autorité qui n'en émane expressément.

IV

La liberté et la justice consistent à rendre tout ce qui appartient à autrui ; ainsi l'exercice des droits naturels de la femme n'a de bornes que la tyrannie perpétuelle que l'homme lui oppose ; ces bornes doivent être réformées par les lois de la nature et de la raison.

V

Les lois de la nature et de la raison défendent toutes actions nuisibles à la société : tout ce qui n'est pas défendu par ces lois, sages et divines, ne peut être empêché, et nul ne peut être contraint à faire ce qu'elles n'ordonnent pas.

VI

La loi doit être l'expression de la volonté générale ; toutes les citoyennes et [tous les] citoyens doivent concourir personnellement, ou par leurs représentants, à sa formation ; elle doit être la même pour tous : toutes les citoyennes et tous les citoyens, étant égaux à ses yeux, doivent être également admissibles à toutes dignités, places et emplois publics, selon leurs capacités, et sans autres distinctions que celles de leurs vertus et de leurs talents.

VII

Nulle femme n'est exceptée ; elle est accusée, arrêtée, et détenue dans les cas déterminés par la loi. Les femmes obéissent comme les hommes à cette loi rigoureuse.

VIII

La loi ne doit établir que des peines strictement et évidemment nécessaires, et nul ne peut être puni qu'en vertu d'une loi établie et promulguée antérieurement au délit et légalement appliquée aux femmes.

IX

Toute femme étant déclarée coupable, toute rigueur est exercée par la loi.

X

Nul ne doit être inquiété pour ses opinions mêmes fondamentales, la femme a le droit de monter sur l'échafaud ; elle doit avoir également celui de monter à la tribune ; pourvu que ses manifestations ne troublent pas l'ordre public établi par la loi.

XI

La libre communication des pensées et des opinions est un des droits les plus précieux de la femme, puisque cette liberté assure la légitimité des pères envers les enfants. Toute citoyenne peut donc dire librement, *je suis mère d'un enfant qui vous appartient*, sans qu'un préjugé barbare la force à dissimuler la vérité ; sauf à répondre de l'abus de cette liberté dans les cas déterminés par la loi.

XII

La garantie des droits de la femme et de la citoyenne nécessite une utilité majeure ; cette garantie doit être instituée pour l'avantage de tous, et non pour l'utilité particulière de celles à qui elle est confiée.

XIII

Pour l'entretien de la force publique, et pour les dépenses d'administration, les contributions de la femme et de l'homme sont égales ; elle a part à toutes les corvées, à toutes les tâches pénibles ; elle doit donc avoir de même part à la distribution des places, des emplois, des charges, des dignités et de l'industrie.

XIV

Les citoyennes et citoyens ont le droit de constater par eux-mêmes, ou par leurs représentants, la nécessité de la contribution publique. Les citoyennes ne peuvent y adhérer que par l'admission d'un partage égal, non seulement dans la fortune, mais encore dans l'administration publique, et de déterminer la quotité, l'assiette, le recouvrement et la durée de l'impôt.

XV

La masse des femmes, coalisée pour la contribution à celle des hommes, a le droit de demander compte, à tout agent public, de son administration.

XVI

Toute société, dans laquelle la garantie des droits n'est pas assurée, ni la séparation des pouvoirs déterminée, n'a point de Constitution ; la Constitution est nulle, si la majorité des individus qui composent la nation, n'a pas coopéré à sa rédaction.

XVII

Les propriétés sont à tous les sexes réunis ou séparés ; elles ont pour chacun un droit inviolable et sacré ; nul ne peut en être privé comme vrai patrimoine de la nature, si ce n'est lorsque la nécessité publique, légalement constatée, l'exige évidemment, et sous la condition d'une juste et préalable indemnité.

Postambule

Femme, réveille-toi ; le tocsin de la raison se fait entendre dans tout l'Univers ; reconnais tes droits. Le puissant empire de la nature n'est plus environné de préjugés, de fanatisme, de superstition et de mensonges. Le flambeau de la vérité a dissipé tous les nuages de la sottise et de l'usurpation. L'homme esclave a multiplié ses forces, a eu besoin de recourir aux tiennes pour briser ses fers. Devenu libre, il est devenu injuste envers sa compagne. Ô femmes ! femmes, quand cesserez-vous d'être aveugles ? Quels sont les avantages que vous avez recueillis dans la Révolution ? Un mépris plus marqué, un dédain plus signalé. Dans les siècles de corruption vous n'avez régné que sur la faiblesse des hommes. Votre empire est détruit ; que vous reste-t-il donc ? la conviction des injustices de l'homme. La réclamation de votre patrimoine, fondée sur les sages décrets de la nature ; qu'auriez-vous à redouter pour une si belle entreprise ? le bon mot du législateur des noces de Cana ? Craignez-vous que nos législateurs français, correcteurs de cette morale, longtemps accrochée aux branches de la politique, mais qui n'est plus de saison, ne vous répètent : femmes, qu'y a-t-il de commun entre vous et nous ? Tout, auriez-vous à répondre. S'ils s'obstinaient, dans leur faiblesse, à mettre cette inconséquence en contradiction avec leurs principes ; opposez courageusement la force de la raison aux vaines prétentions de supériorité ; réunissez-vous sous les étendards de la philosophie ; déployez toute l'énergie de votre caractère, et vous verrez bientôt ces orgueilleux, nos serviles adorateurs rampants à vos pieds, mais fiers de partager avec vous les trésors de l'Être-Suprême. Quelles que soient les barrières que l'on vous oppose, il est en votre pouvoir de les affranchir ; vous n'avez qu'à le vouloir. Passons maintenant à l'effroyable tableau de ce que vous avez été dans la société ; et puisqu'il est question, en ce moment, d'une éducation nationale, voyons si nos sages législateurs penseront sainement sur l'éducation des femmes.

Les femmes ont fait plus de mal que de bien. La contrainte et la dissimulation ont été leur partage. Ce que la force leur avait ravi, la ruse leur a rendu ; elles ont eu recours à toutes les ressources de leurs charmes, et le plus irréprochable ne leur résistait pas. Le poison, le fer, tout leur était soumis ; elles commandaient au crime comme à la vertu. Le gouvernement français, surtout, a dépendu, pendant des siècles, de l'administration nocturne des femmes ; le cabinet n'avait point de secret pour leur indiscrétion ; ambassade, commandement, ministère, présidence, pontificat, cardinalat ; enfin tout ce qui caractérise la sottise des hommes, profane et sacrée, tout a été soumis à la cupidité et à l'ambition de ce sexe autrefois méprisable et respecté, et depuis la Révolution, respectable et méprisé.

Dans cette sorte d'antithèse, que de remarques n'ai-je point à offrir ! je n'ai qu'un moment pour les faire, mais ce moment fixera l'attention de la postérité la plus reculée. Sous l'Ancien Régime, tout était vicieux, tout était coupable ; mais ne pourrait-on pas apercevoir l'amélioration des choses dans la substance même des vices ? Une femme n'avait besoin que d'être belle ou aimable ; quand elle possédait ces deux avantages, elle voyait cent fortunes à ses pieds. Si elle n'en profitait pas, elle avait un caractère bizarre, ou une philosophie peu commune, qui la portait aux mépris des richesses ; alors elle n'était plus considérée que comme une mauvaise tête ; la plus indécente se faisait respecter avec de l'or ; le commerce des femmes était une espèce d'industrie reçue dans la première classe, qui, désormais, n'aura plus de crédit. S'il en avait encore, la Révolution serait perdue, et sous de nouveaux rapports, nous serions toujours corrompus ; cependant la raison peut-elle se dissimuler que tout autre chemin à la fortune est fermé à la femme que l'homme achète, comme l'esclave sur les côtes d'Afrique ? La différence est grande ; on le sait. L'esclave commande au maître ; mais si le maître lui donne la liberté sans récompense, et à un âge où l'esclave a perdu tous ses charmes, que devient cette infortunée ? Le jouet du mépris ; les portes mêmes de la bienfaisance lui sont fermées ; elle est pauvre et vieille, dit-on ; pourquoi n'a-t-elle pas su faire fortune ? D'autres exemples encore plus touchants s'offrent à la raison. Une jeune personne sans expérience, séduite par un homme qu'elle aime, abandonnera ses parents pour le suivre ; l'ingrat la laissera après quelques années, et plus elle aura vieilli avec lui, plus son inconstance sera inhumaine ; si elle a des enfants, il l'abandonnera de même. S'il est riche, il se croira dispensé de partager sa fortune avec ses nobles victimes. Si quelque engagement le lie à ses devoirs, il en violera la puissance en espérant tout des lois. S'il est marié, tout autre engagement perd ses droits. Quelles lois reste-t-il donc à faire pour extirper le vice jusque dans la racine ? Celle du partage des fortunes entre les hommes et les femmes, et de l'administration publique. On conçoit aisément que celle qui est née d'une famille riche, gagne beaucoup avec l'égalité des partages. Mais celle qui est née d'une famille pauvre, avec du mérite et des vertus, quel est son lot ? La pauvreté et l'opprobre. Si elle n'excelle pas précisément en musique ou en peinture, elle ne peut être admise à aucune fonction publique, quand elle en aurait toute la capacité. Je ne veux donner qu'un aperçu des choses, je les approfondirai dans la nouvelle édition de tous mes ouvrages politiques que je me propose de donner au public dans quelques jours, avec des notes.

Je reprends mon texte quant aux mœurs. Le mariage est le tombeau de la confiance et de l'amour. La femme mariée peut impunément donner des bâtards à son mari, et la fortune qui ne leur appartient pas. Celle qui ne l'est pas, n'a qu'un faible droit : les lois anciennes et inhumaines lui refusaient ce droit sur le nom et sur le bien de leur père, pour ses enfants, et l'on n'a pas fait de nouvelles lois sur cette matière. Si tenter de donner à mon sexe une consistance honorable et juste, est considéré dans ce moment comme un paradoxe de ma part, et comme tenter l'impossible, je laisse aux hommes à venir la gloire de traiter cette matière ; mais, en attendant, on peut la préparer par l'éducation nationale, par la restauration des mœurs et par les conventions conjugales.

FORME DU CONTRAT SOCIAL DE L'HOMME ET DE LA FEMME

Nous N et N, mus par notre propre volonté, nous unissons pour le terme de notre vie, et pour la durée de nos penchants mutuels, aux conditions suivantes : Nous entendons et voulons mettre nos fortunes en communauté, en nous réservant cependant le droit de les séparer en faveur de nos enfants, et de ceux que nous pourrions avoir d'une inclination particulière, reconnaissant mutuellement que notre bien appartient directement à nos enfants, de quelque lit qu'ils sortent, et que tous indistinctement ont le droit de porter le nom des pères et mères qui les ont avoués, et nous imposons de souscrire à la loi qui punit l'abnégation de son propre sang. Nous nous obligeons également, en cas de séparation, de faire le partage de notre fortune, et de prélever la portion de nos enfants indiquée par la loi ; et, au cas d'union parfaite, celui qui viendrait à mourir, se désisterait de la moitié de ses propriétés en faveur de ses enfants ; et si l'un mourrait sans enfants, le survivant hériterait de droit, à moins que le mourant n'ait disposé de la moitié du bien commun en faveur de qui il jugerait à propos.

Voilà à peu près la formule de l'acte conjugal dont je propose l'exécution. À la lecture de ce bizarre écrit, je vois s'élever contre moi les tartufes, les bégueules, le clergé et toute la séquelle infernale. Mais combien il offrira aux sages de moyens moraux pour arriver à la perfectibilité d'un gouvernement heureux ! j'en vais donner en peu de mots la preuve physique. Le riche Épicurien sans enfants, trouve fort bon d'aller chez son voisin pauvre augmenter sa famille. Lorsqu'il y aura une loi qui autorisera la femme du pauvre à faire adopter au riche ses enfants, les liens de la société seront plus resserrés, et les mœurs plus épurées. Cette loi conservera peut-être le bien de la communauté, et retiendra le désordre qui conduit tant de victimes dans les hospices de l'opprobre, de la bassesse et de la dégénération des principes humains, où, depuis longtemps, gémit la nature. Que les détracteurs de la saine philosophie cessent donc de se récrier contre les mœurs primitives, ou qu'ils aillent se perdre dans la source de leurs citations.

Je voudrais encore une loi qui avantageât les veuves et les demoiselles trompées par les fausses promesses d'un homme à qui elles se seraient attachées ; je voudrais, dis-je, que cette loi forçât un inconstant à tenir ses engagements, ou à une indemnité proportionnée à sa fortune. Je voudrais encore que cette loi fût rigoureuse contre les femmes, du moins pour celles qui auraient le front de recourir à une loi qu'elles auraient elles-mêmes enfreinte par leur inconduite, si la preuve en était faite. Je voudrais, en même temps, comme je l'ai exposée dans *Le Bonheur primitif de l'homme*, en 1788, que les filles publiques fussent placées dans des quartiers désignés. Ce ne sont pas les femmes publiques qui contribuent le plus à la dépravation des mœurs, ce sont les femmes de la société. En restaurant les dernières, on modifie les premières. Cette chaîne d'union fraternelle offrira d'abord le désordre, mais par les suites, elle produira à la fin un ensemble parfait.

J'offre un moyen invincible pour élever l'âme des femmes ; c'est de les joindre à tous les exercices de l'homme : si l'homme s'obstine à trouver ce moyen impraticable, qu'il partage sa fortune avec la femme, non à son caprice, mais par la sagesse des lois. Le préjugé tombe, les mœurs s'épurent, et la nature reprend tous ses droits. Ajoutez-y le mariage des prêtres ; le Roi, raffermi sur son trône, et le gouvernement français ne saurait plus périr.

Il était bien nécessaire que je dise quelques mots sur les troubles que cause, dit-on, le décret en faveur des hommes de couleur, dans nos îles. C'est là où la nature frémit d'horreur ; c'est là où la raison et l'humanité, n'ont pas encore touché les âmes endurcies ; c'est là surtout où la division et la discorde agitent leurs habitants. Il n'est pas difficile de deviner les instigateurs de ces fermentations incendiaires : il y en a dans le sein même de l'Assemblée nationale : ils allument en Europe le feu qui doit embraser l'Amérique. Les colons prétendent régner en despotes sur des hommes dont ils sont les pères et les frères ; et méconnaissant les droits de la nature, ils en poursuivent la source jusque dans la plus petite teinte de leur sang. Ces colons inhumains disent : notre sang circule dans leurs veines, mais nous le répandrons tout [entier], s'il le faut, pour assouvir notre cupidité, ou notre aveugle ambition. C'est dans ces lieux les plus près de la nature, que le père méconnaît le fils ; sourd aux cris du sang, il en étouffe tous les charmes ; que peut-on espérer de la résistance qu'on lui oppose ? la contraindre avec violence, c'est la rendre terrible, la laisser encore dans les fers, c'est acheminer toutes les calamités vers l'Amérique. Une main divine semble répandre par tout l'apanage de l'homme, *la liberté* ; la loi seule a le droit de réprimer cette liberté, si elle dégénère en licence ; mais elle doit être égale pour tous, c'est elle surtout qui doit renfermer l'Assemblée nationale dans son décret, dicté par la prudence et par la justice. Puisse-t-elle agir de même pour l'État de la France, et se rendre aussi attentive sur les nouveaux abus, comme elle l'a été sur les anciens qui deviennent chaque jour plus effroyables ! Mon opinion serait encore de raccommoder le pouvoir exécutif avec le pouvoir législatif, car il me semble que l'un est tout, et que l'autre n'est rien ; d'où naîtra, malheureusement peut-être, la perte de l'Empire français. Je considère ces deux pouvoirs, comme l'homme et la femme qui doivent être unis, mais égaux en force et en vertu, pour faire un bon ménage.

Il est donc vrai que nul individu ne peut échapper à son sort ; j'en fais l'expérience aujourd'hui. J'avais résolu et décidé de ne pas me permettre le plus petit mot pour rire dans cette production, mais le sort en a décidé autrement. Voici le fait.

L'économie n'est point défendue, surtout dans ce temps de misère. J'habite la campagne. Ce matin à huit heures je suis partie d'Auteuil, et me suis acheminée vers la route qui conduit de Paris à Versailles, où l'on trouve souvent ces fameuses guinguettes qui ramassent les passants à peu de frais. Sans doute une mauvaise étoile me poursuivait dès le matin. J'arrive à la barrière où je ne trouve pas même le triste sapin aristocrate. Je me repose sur les marches de cet édifice insolent qui recelait des commis. Neuf heures sonnent, et je continue mon chemin : une voiture s'offre à mes regards, j'y prends place, et j'arrive à neuf heures un quart, à deux montres différentes, au Pont-Royal. J'y prends le sapin, et je vole chez mon imprimeur, rue Christine, car je ne peux aller que là si matin : en corrigeant mes épreuves, il me reste toujours quelque chose à faire, si les pages ne sont pas bien serrées et remplies. Je reste à peu près vingt minutes ; et fatiguée de marche, de composition et d'impression, je me propose d'aller prendre un bain dans le quartier du Temple, où j'allais dîner. J'arrive à onze heures moins un quart à la pendule du bain ; je devais donc au cocher une heure et demie ; mais, pour ne pas avoir de dispute avec lui, je lui offre 48 sols : il exige plus, comme d'ordinaire, il fait du bruit. Je m'obstine à ne vouloir plus lui donner que son dû, car l'être équitable aime mieux être généreux que dupe. Je le menace de la loi, il me dit qu'il s'en moque, et que je lui payerai deux heures. Nous arrivons chez un commissaire de paix, que j'ai la générosité de ne pas nommer, quoique l'acte d'autorité qu'il s'est permis envers moi mérite une dénonciation formelle. Il ignorait sans doute que la femme qui réclamait sa justice était la femme auteur de tant de bienfaisance et d'équité. Sans avoir égard à mes raisons, il me condamne impitoyablement à payer au cocher ce qu'il demandait. Connaissant mieux la loi que lui, je lui dis : *Monsieur, je m'y refuse, et je vous prie de faire attention que vous n'êtes pas dans le principe de votre charge*. Alors cet homme, ou, pour mieux dire, ce forcené s'emporte, me menace de la Force si je ne paye à l'instant, ou de rester toute la journée dans son bureau. Je lui demande de me faire conduire au tribunal de département ou à la mairie, ayant à me plaindre de son coup d'autorité. Le grave magistrat, en redingote poudreuse et dégoûtante comme sa conversation, m'a dit plaisamment : *cette affaire ira sans doute à l'Assemblée nationale ? Cela se pourrait bien*, lui dis-je ; et je m'en fus moitié furieuse et moitié riant du jugement de ce moderne Bride-Oison, en disant : *c'est donc là l'espèce d'homme qui doit juger un peuple éclairé !* On ne voit que cela. Semblables aventures arrivent indistinctement aux bons patriotes, comme aux mauvais. Il n'y a qu'un cri sur les désordres des sections et des tribunaux. La justice ne se rend pas ; la loi est méconnue, et la police se fait, Dieu sait comment. On ne peut plus retrouver les cochers à qui l'on confie des effets ; ils changent les numéros à leur fantaisie, et plusieurs personnes, ainsi que moi, ont fait des pertes considérables dans les voitures. Sous l'Ancien Régime, quel que fût son brigandage, on trouvait la trace de ses pertes, en faisant un appel nominal des cochers, et par l'inspection exacte des numéros ; enfin on était en sûreté. Que font ces juges de paix ? que font ces commissaires, ces inspecteurs du nouveau régime ? Rien que des sottises et des monopoles. L'Assemblée nationale doit fixer toute son attention sur cette partie qui embrasse l'ordre social.

Le Bon Sens du Français

(17 février 1792)

Voulez-vous anéantir l'orgueil, ou voulez-vous le nourrir ?

Voulez-vous accoutumer les hommes à respecter la justice naturelle, ou à la violer ?

Voulez-vous établir l'amour et la concorde dans les familles, ou y faire régner la crainte et la défiance ?

Voulez-vous faire éclore de bonnes mœurs, ou voulez-vous entretenir la corruption ?

Voulez-vous, en un mot, créer le bien, ou propager le mal, faire naître le bonheur, ou voir durer le malheur de la génération présente ?

Si c'est le bien que vous voulez, hâtez-vous donc. Avant que vous fussiez nos représentants, la nation invoquait une loi. Elle l'avait articulée, il fallait régler, d'après la Constitution et sur son plan, le premier contrat, le plus important des contrats qui lient la race humaine.

Un seul décret explicatif suffit pour abattre à la fois la cupidité, l'égoïsme, l'arrogance, et pour enraciner l'égalité, la liberté, la douce sécurité, l'équité dans nos asiles.

On vous égare, ô législateurs ! on suspend dans vos esprits ce qui ne peut se différer sans crime ; car la justice et l'humanité sont violées chaque jour.

N'écoutez point les objections de l'Église et celles de la jurisprudence.

Le peuple laisse derrière lui ses préjugés ; il a pour flambeau la Constitution et la philosophie ; il vous demande un décret, un seul décret qui réduise en poudre les honteux vestiges de nos vieilles coutumes, et qui arrête les légistes, et les empêche d'opposer la barbarie des vieilles lois à la simplicité majestueuse de l'acte constitutionnel ; un décret qui fasse comprendre que l'égalité est entre les époux et les épouses, comme entre tous les individus Français ; qui assure à chacun sa propriété, et leur permette de se désunir sous l'inspection des tribunaux de famille, chargés de juger suivant les lumières de la raison, de la seule raison, et de veiller aux intérêts des enfants et aux arrangements de fortune.

Hâtez-vous de faire respecter à nos tribunaux ce que le peuple respecte. Prononcez enfin l'anathème contre toute féodalité, contre toute usurpation de propriété, contre toute espèce de servage ; alors et bientôt s'élèverait du sein de la liberté, de l'égalité, une race d'hommes juste, fière et partout invincible.

Achevé d'imprimer en Italie
par Grafica Veneta en février 2021
Dépôt légal : mars 2021
EAN 9782290229934
OTP L21ELLN001023N001

—

Composition : PCA

—

ÉDITIONS J'AI LU
87, quai Panhard-et-Levassor,
75013 Paris
Diffusion France et étranger : Flammarion

Librio
1283